自序

既非文學評論，亦不是對一些作家與其作品的紹介。

這只是一本記事簿，記下了一些生命軌跡的重疊。

機緣也並不是最重要的。多半是因了一種割捨不下的情懷。

沈伯伯說：「你走了，回來了。你再走，還會再回來。」

沈夫人兆和姨說：「你走了，也帶走了我的什麼。」

重疊各有不同，有的像切線與圓，有的只像在同一個平面上兩條相交的直線。但由於重疊，畢竟有共同的東西，也就記了下來。

感謝三民書局劉振強董事長，給了我機會重讀這些小小的篇章。

十年之間，人與事發生太多的變化。校正了舊文，心有所想，又寫下了一些新的觀感。

試筆十年，明知散文極難寫。戰戰兢兢寫到現在，所憑借的只是一腔眞誠。

謹以這些眞誠的文字獻給愛書的朋友們。

一九九二年十月五日於高雄

重疊的足跡

第一輯

第一輯

沈從文先生印象

紐約清晨五點半，自臺北聯副主編瘂弦先生越洋電話中，驚聞沈從文先生過世的消息，當卽試撥電話到中國大陸北京沈府。第一次沒有接通。第二個電話我打到沈老連襟周有光先生家，周先生證實沈老走了。

稍後我與沈伯母接通電話，沈伯母的聲音十分鎮靜，她說沈伯伯是在家中過世的，沒有任何痛苦，孩子也在身邊。我請她多保重，並告訴她去年十月曾寫了一篇文章，題名〈沈從文先生印象〉，原準備慶賀沈伯伯榮獲諾貝爾文學獎之用，不料，今竟以此作為無盡懷思之文了。

——作者謹識

我第一次萌生拜訪沈從文先生的念頭，還是我在華盛頓的約翰・霍普金斯學院開課的時候。一日，我們的研究生和從中國大陸來的留學生開茶話會，會上中國學生問美國學生，正在研究什麼，答曰：「沈從文的小說。」問話的人不知沈先生何許人也，於是我們的學生向中國客人介紹沈先生生平、著作，如數家珍。我坐在旁邊，憂喜參半，喜的是，沈先生著作得到美國青年漢學家的衷心熱愛；憂的是，來自大陸的青年「學人」竟不知自己祖國的文豪！那時我就想，有朝一日能當面向沈先生請教，有多麼好！

一九八三年八月，我們離開臺北，赴北京走馬上任，先生在使館工作，我還繼續我的工作，在使館教外交官們中文。想讀點書，也想訪問一些人，一天只工作四小時而已。

在北京訪客人並非易事，我寫到作家協會給吳祖光先生的信被作協打了回票，上書「查無此人」，我哭笑不得，只好另尋途徑。

終於在沙灘北街「人民教育出版社」的大雜院裏，我找到了著名語言學家周有光先生，及其夫人著名崑曲藝術家張允和女士。周夫人一聽我的故事，馬上給了我吳祖光先生家裏的地址，這，我才有了「回娘家」的機會，——吳祖光夫人新鳳霞女士稱我的造訪爲「回娘家」。

我知道，周先生一家和沈先生是近親，但他年紀大了，而且封筆多年，我不知能否去看他們。最重要的是，會不會痲煩他們？周先生是極爽快的人，他說，他們先問一問，然後陪我去一次。

「有了第一次，你就可以去了。」他說。

那，已是一九八三年的十月。

誰知道，幾天之後，周夫人派人送來了兩本書，那是「人民文學出版社」出的《沈從文小說選》第一集和第二集。

打開扉頁，書是給我的，落款竟端端正正地寫着：「沈從文　一九八三年十月」。

我的驚喜是無法形容的，人還沒見到，已經見到了那一絲不苟的字！

由周夫人從中商定，他們夫婦陪我去看沈先生和他的夫人張兆和女士。

那是十一月初一個不太冷的上午。

那時候，他們還住在崇文門西北角，社會科學院宿舍大樓的一個小單元裏。

去之前，我請教了周夫人，帶點什麼東西給沈先生，她說老人身體不太好，別的都不怎麼吃，就喜歡一點甜食，「像孩子一樣。」

於是我從建國飯店帶了一點法式點心去。

那座樓的電梯是有人開的，而且有時間限制，一過了鐘點，不管你住幾樓都得自己走上去，走下來，沈家住五樓，以後，我去得勤了，常常不按鐘點行事，每次爬上五樓時都對住在十六層的人們充滿了同情。

電鈴響過，門開了，露出沈夫人瘦瘦的身影，和滿帶笑意的臉。沈夫人的堅毅也不止一次地感動過我，在沈先生病重的日子裏，在外面充斥着流言蜚語的日子裏，我們都沉不住氣了，她卻寧靜地無日無夜地守護着沈先生，不知疲倦地一遍又一遍地審訂着沈先生的文稿。我在那裏的三年中，沈夫人添了不少白髮，但她那寧靜的微笑卻是永遠的，一直沒有改變。

門只開了半扇，因爲門後一張床，那是小保母夜間休息的地方。這是一個兩間屋子的小單元，一間稍大的是他們的臥室兼客廳，另一間較小的，裏面只有一張書桌、一張小床，以及書架。滿坑滿谷的書籍、文稿、雜誌，人一進來，就有一種壓迫感，從屋頂到地板，只要有一塊平的地方就堆滿了書！有的很新，有的很舊、很破，甚至是線裝的，書，無論新舊都是一塵不染，還時時可見書中所夾便條從書堆中露出來，這裏、那裏，到處都是。

在客廳的一張籐椅上坐着那位慈祥的老人，他的眼睛瞇起來，從鏡片後面笑着看着我，他拍拍身邊的一把小椅子，要我坐過去，坐在他身邊。他的手很細、很小，拇指和食指不自然地有點僵。他笑，笑得臉上每一條紋路都非常柔和。他稍稍有點胖的身上穿一件駝色毛衣，腳上是黑布鞋，端端正正地坐着，他就是沈從文。

沈夫人說他有很重的湘西口音，而且思路太快，坐近點可能聽得清楚，我走過去，輕輕握住他的手，聽清了他非常好聽的口音：「你好不好？」

「好，謝謝您，您身體還好吧？」我在小椅子上坐下來。

「還好，還寫字。」他笑。

「我看到了您的字，謝謝您，也謝謝您的書。」我說。

周先生指給我看牆上的一幅字，字體極優美，是草書但筆畫嚴謹，我疑問地看周先生，他告訴我，這就是眞正的章草，極有章法，會寫的人不多。

「要是我還能寫那麼長的一張，我就寫一張給你。」沈先生說。

「我已經有您的字，您不要太累。」我回答。老人又笑了，笑得非常舒心。

他看到了放在小桌上的點心盒子，忽然臉上有調皮之色：

「今天，你不要作外國人好不好？」他問我。

我不太懂他的意思。周先生解釋給我聽，按照社會科學院的規定，外國人送的禮物要原封不動地上繳。我明白了。

「沈伯伯，今天，我不是外國人，而且，我們現在就來吃點心。」

沈夫人拿來了小碟子，在沈先生胸前放了一個大「圍嘴兒」，我們就吃了起來，沈夫人告訴我：「他的手不好使，會掉東西，像孩子一樣。」沈先生笑得眞像一個孩子，快快樂樂地吃他的小點心。

茶來了，沈夫人說：「湘西的朋友送來的，眞正當地土茶，你喝喝看。」

茶的清香飄了一屋子，周先生開口了：

「她教過《邊城》。」

「在哪裏？」沈先生極有興趣。

我告訴了他。還告訴他，我在臺北文化大學念「中國現代文學」時，我的教授李超宗先生對沈先生的《邊城》有極高的評價。他問：「臺北也教《邊城》？」

我肯定地回答了他，不僅李超宗先生的理論課講評過這部小說，而且李昻女士的「小說研究」還詳細分析過這篇作品。一兩年後，我把李昻女士的《殺夫》送給沈先生看，他還記得她，而且對《殺夫》也非常有興趣，覺得李小姐「功力深厚」。

「你在美國怎麼教《邊城》？」沈先生問我。

我盡可能簡潔明確地告訴他我的教法和研究生們作研究的一般方法，同時，我也有點抱歉地對他說：「我教的時候，沒機會請教您，而且在臺北，李先生的分析也讓我看到了自己教學中的不足之處。」

他沉吟了一下，問我：「你知道，我爲什麼寫祖父嗎？」

我脫口而出：「爲了博愛的思想。」

他笑了：「你可以教《邊城》。你懂我的意思。」

整屋子的人都笑了，笑得十分舒暢。

「好，考試通過。」周先生幽了一默。

他們又告訴我《邊城》終於搬上了銀幕，其中飾翠翠的是一位十四歲的鄉間小姑娘。這一點，讓沈先生極爲滿意。

「他最愛翠翠。」周夫人說。

「翠翠是可愛嘛。」沈先生又笑了。

由《邊城》我想到了那個我一直想提的問題。

「沈伯伯，四十年代，您的創作仍在高峯期，四九年以後，您爲什麼封筆？」

大家仍然微笑着，不覺得我的唐突。

「有人要您封筆嗎？」我又問了一句。

「沒有，說良心話，沒有人強迫我不寫。」沈先生的笑容消失了，「我有自己的原則，不能放棄。」他說。

一個小說家，不寫小說，卻不得不鑽進骨董堆裏，研究考古，而且成了名家，這其中的寂寞、痛苦又哪是一般人經受得起的。

「我只希望《邊城》可以公演。」他又說。

是的，「清除精神汙染」的運動已經開始發難，一批前衛作家因爲鼓吹「人道主義」、「人性」、「自由」等等已經受到老「左」們的攻擊，我也看到了丁玲等人的奇文，稱三十年代文學重新出版是「炒冷飯」，甚至說「三個男子和一個女人」是黃色小說。曹禺、丁玲們沒有點名的批判文章，矛頭直指巴金、沈從文。這是人所共知的事實。

「你聽說了沒有？我也會寫黃色小說。」沈先生一臉的幽默。

「你呀，就是下筆太快，幾十年前得罪了人，現在她還忘不了。」沈夫人回答他。

「我是爲她好，眞的，她寫小說寫得不錯，好好寫，會很不錯，她搞什麼政治，寫小說就好了嘛。」沈先生正色道。

「還有，你們美國人也有問題。禁他的書，禁了三十年，好容易開了禁，你們把他捧上了天，不是惹人嫉妒嗎？弄得年輕人還不知你寫過什麼，就先看到批判文章了。」沈夫人依然笑着說。

我趕快爲「美國人」辯護，「我們把沈先生捧上天不是始於今日，不能怪我們，而且，庸人才不招人嫉妒，可惜沈伯伯不是庸人。」

大家又笑了。

當時，我到北京已近三個月，這一段時間內，無論和什麼人交談，不到五分鐘，談必談「文革」，人們一片怨聲，甚至常常說得聲淚俱下，而在這裏，談天扯地，好一會兒了，卻沒人談到這個問題。

於是我開了頭。指着站在屋角的一件舊家具說：「你們還有一點老東西。」

「這是明代家具，文革前，我收集了不少，文革當中，他們拿走了，這是還回來的一件，唯一的一件。」沈先生淡淡的說。

「那些書，」沈夫人看看那些高高在上的線裝書，「我們被掃地出門的時候，三文不值兩文地賣了廢紙。」

「去幹校，行李有限，書不能帶。」周夫人補充。

「我們回來了，我又去中國書店花一百塊、兩百塊買回來，上面還有我的印章呢。」沈先生說。

都是他們的收藏，卻得再經過這樣一次「買賣」。

「你們得搬家，這兒太擠了。」我抬頭看看頭上，不知那些堆成山的書什麼時候會掉下來，又看看腳下，離我不到半尺距離的茶几下露出大堆的雜誌，而且延伸到床下，如果床腳不夠結實，床板一定會落到書堆上，我這樣想。

「搬家，那是不得了的大事。」周夫人說。

「用我們高級知識分子的名義蓋的大樓，你看見了，住進去的都是行政幹部，我們還住在四壁透風的屋子裏。」周先生說。

「冬天還剛開始呢，再過幾天你來看，我得躲在被子裏寫劇本。」周夫人仍然笑模笑樣。

「搬進這裏已經難死了，分了幾次房子，到最後還是被別人住了。」

「有一次，鑰匙都到了我手裏，還沒捂熱，就被人拿走了，說他們比我們更需要房子。」沈先生說。

他們笑得眼淚都快流出來了。

我卻笑不出來，這擁擠的小地方是費了大力爭取到的，那他們原來的地方呢？

周家和沈家都是八六年才搬進新居的。新居有陽臺，沈先生也有了空地可以「轉圈兒」。他說，他喜歡陽臺，因爲在那兒可以「看推土機」，「看他們種樹」。生活中有了綠意，總是好事，當然，距我第一次去沈家的日子，老人得足足等上兩年，才能在陽臺上看人家種樹。

關於「文革」，沈先生只說了一個笑話：「在幹校得勞動，他們讓張先生當小組長，當小組長得拚命幹活兒，我是組員，我坐在田埂上不動，就是不動，他們也沒有辦法。」「他們」，當然是指「革命派」了。

沈先生對他的頑固是相當得意的。

「文革」，這一場長達十年的惡夢就在他的一兩句笑話中被打發掉了，何況「清汙」這種小事情，沈先生是不屑一顧的。

事後我曾和北京作家，《十月》副主編鄭萬隆談及此事，萬隆說：「沈老早已大澈大悟，不會爲這種事着急，上火了。」

雖然，《邊城》竟被沈先生料中，雖然上映了，卻只在有限的影院內，有限的時間內，藉口是「不賣座」。雖然，她在國際影展中得了獎。

話題回到《邊城》，我問沈先生：

「一位研究生搞比較文學時，選題作論文，題目是『中國的狄更斯——沈從文』這個題目好不好？」

「不好，不過，你可以告訴這位研究生，我很喜歡狄更斯，讀過他大量的作品，受到他的影響。」沈先生很鄭重地回答我。

「當代大陸作家中，您最喜歡誰？」我又問。

沈先生含笑不語。

「人都說，汪曾琪是他的高足，最像他。」周先生說。

「汪曾琪文字好，比我好。作人也好，放着專業作家的位子不去坐，在一個劇團給人家寫劇本。不重名利。」沈先生又鄭重地說。

這個評價是很不低了。

「你問完了吧？」沈伯伯笑了，「小客人？」

「問完了，該您了。」我回答。

「你除了當代文學，還念什麼，或者，研究什麼？」

「金瓶梅。」我老老實實回答。

室內氣氛大大活躍，幾位學者都開始發起言來，自然而然談到「沒有金瓶梅就沒有紅樓夢」之類，於是又談到他們的另一位親戚，紅學家俞平伯先生。

談話當中，最有文采的要數沈夫人，談鋒最健的要數周夫人，沈先生悄悄告訴我：「張先生是很有才華的。」潛臺詞是「可惜」。

沈夫人在《人民文學》當編輯多少年，爲他人作嫁衣裳，退休之後，全身心投入到沈先生大量文稿的整理工作中去。沈先生心底的感激溢於言表，令人感動。

親戚們談天，少不得說說家事，沈家兩個孝子是很有名的，父親身體不好，雖然他們已經有妻有子，還時常輪流回來陪陪老人。牆邊的一張折疊式小行軍床就是爲他們預備的。

「文革」期間，不少人倒下去，主因不在外界而是後院起火，我把這個感覺說出來，幾位長輩都欣然同意，深感多年來，他們頂得住和他們互爲精神支柱大有關係。

在極爲和樂的氣氛中，我們離開了沈家，從那時起，直至八六年七月十五日止，我成了沈家的小客人，沈夫人說我「帶來了新鮮空氣」，沈先生說愛和我「談天說地」，而我，卻在這段時間，向兩位長輩請教文學問題，在時時被他們的高風亮節感動之餘，學到了許多極其珍貴的東西。

一九八七年十月九日於曼哈頓

△刊於一九八八年五月十三日，美國《世界日報》「沈從文專刊」

△刋於一九八八年五月十二、十三兩日，《聯合報》「終於放下『人生』這部大書」專刋

△一九八九年五月收入湖南吉首大學沈從文研究室所編一書《長河不盡流——懷念沈從文先生》，由湖南文藝出版社出版

緘默

一九八八年五月十日，文學巨人沈從文先生辭世。臺灣和海外湧現出相當數量的紀念文章，也舉辦了許多紀念活動。在中國大陸，沈先生生活了幾十年的地方，卻只有極少的含糊不清的報導。

有一件事，引起人們注意。大陸報刊報導：在八寶山舉行的極爲簡單的告別儀式上，伴在沈夫人張兆和女士身旁的是沈先生留下的二子一女。二子是龍朱和虎雛。一女是朝慧。

我們在北京住了三年，沈家舊址，新居去過無數次，大家常常說起的只有小龍和小虎。沈先生的這位女公子卻沒有人提到過。

作爲後生晚輩，知道許多事是不該問的。心裏存疑，忍不住還是向夏志清教授請教了。我想，夏教授是沈老夫婦多年的朋友。一九八〇年底，沈老和夫人訪問哥大，夏教授還親自招待過他們。更何況，對沈先生的創作生涯和文學成就，夏教授作過大量的研究和介紹工作。向他請教必有個答案。

沒想到，夏教授十分肯定地告訴我：「不知道，從來沒聽到他們談起過這位女公子。」

一九八九年五月，沈先生家鄉，湖南吉首大學終於衝破重重阻礙，出了《長河不盡流——懷念沈從文先生》的文集。其中，有些蛛絲馬迹可尋。

吳泰昌先生在〈緊含眼中淚〉一文中寫到他在一九六五年見到沈先生的情形。當時他和沈夫人都被下放北京郊區，參加「社會主義教育運動」。一次，他因工作關係回北京，沈夫人托他帶封信給沈先生。於是「當天晚上……就去東堂子胡同沈老家。原以爲是座獨房的四合院，找到門牌，進了狹窄的小門才知道是座大雜院，一排排小平房，問了幾家，走了很長一段，才進了沈老家。開門的是一位年輕的姑娘，非常漂亮的姑娘。至今我還弄不清楚是沈老的外甥女，還是侄女，看樣子她在陪伴着沈老。」

沈老的同鄉，美學家劉一友先生在〈沈從文現象〉一文中提及沈老家鄉湖南鳳凰在文革中的情況，其中有一段文字講到沈老的親人，他的哥哥和弟媳。

「如今，已不必諱言……被揪鬥者之中，有沈老的哥哥沈雲六……有沈老的弟媳羅蘭，沈荃於五十年代初被誤殺，禍及妻女……

「沈荃的女兒長期跟沈老生活，『文革』一來，被吊銷了北京戶口，趕回鳳凰原籍。據說，曾在南門口爲人編織毛線衣餬口……」

劉一友是鳳凰人，這一敍述，想必是符合事實的。

終於，我們見到了沈從文先生的表侄，畫家黃永玉先生寫的回憶文字〈這一些憂鬱的碎屑〉。

關於沈荃和他的女兒，黃永玉先生作了一些介紹。

「從文表叔有一位姐姐，一位大哥，他排二，有一位三弟，一位我們叫九娘的妹妹。」

「我們家現在還有一張幾十年前『全家福』照片……後頭一排有……另一位就是三表叔巴魯。正名叫沈荃，朋友稱他爲沈得魚。巴魯表叔很快就離開鳳凰，好像成爲黃埔軍校三期的畢業生。」

「好些年之後，巴魯表叔當了團長，守衛在浙江安徽嘉善一帶的所謂『中國的馬奇諾防線』。抗戰爆發，沒剩下幾個人活着回來，聽人說那是一場很慘烈的戰鬥。」

「抗日戰爭勝利後的一九四六─一九四七年，巴魯表叔當時在南京國防部工作，已經是中將了。住在一座土木結構的蓋得很簡陋的樓上。看到了嬸嬸和兩三歲的小表妹。生活是清苦的……」

「既然乘車到南京，不免要遊覽一下中山陵。我和老四輪流把小表妹放在肩膀上一步一步邁上最高的臺階……」

「我爲中山陵的氣勢大爲興奮……再回頭看看那個滿頭黑髮的小表妹時，她正坐在石階上，一手支着下巴望着遠處，孤零零的小身體顯得那麼憂鬱。我問她：『你在想什麼呀？』她只淒苦地笑了一笑，搖了搖頭。」

「四十多年過去了，我始終沒有忘記在偉大的中山陵遼闊的石階上，那個將要失掉爸爸的小小的憂鬱的影子。」

「一九五〇年，我回到久違的故鄉。沒料到巴魯三表叔也回到鳳凰……」

「聽說一九五〇年以後，他被集中起來，和一些其他人『解』到辰溪受訓，不久就在辰溪河灘上被槍斃了。「四人幫倒臺之後不久，巴魯表叔也給平了反，家屬正式得到五百元人民幣的賠償，嬸嬸被推薦爲縣政協委員。州和縣裏也出版了一些當年這方面的比較客觀的歷史材料……」

果眞有文字材料可尋嗎？

一九八九年三月廿五日出版的《吉首大學學報》「社會科學版」，「沈從文研究專號」刊登了署名鐘亞萍的文章〈沈從文祖籍家世初考〉。在長長的關於沈家祖上，特別是對沈從文祖父——清王朝一品重臣——的詳盡敍述之後，關於沈從文兄妹九人的遭遇一共用了三百字。關於沈荃，全文抄錄於後：「幼弟沈荃習武爲生，十六歲卽考入第二軍官團，畢業後在新編卅四師獨立旅任中校參謀營長等職。一九三八年沈荃在浙江嘉善對日作戰中榮立戰功，升任一二八師七六四團團長。一九四九年駐南京，任國防部少將監察官，同年隨部起義，屬國民黨起義人員。」

沈荃的結局，一字未提。

沈荃的妻子，一字未提。

那位算起來該是一九四四年出生，兩三歲已會淒苦地笑，六歲生父死於非命，曾長期陪伴伯父沈從文，「文革」中又被發回原籍，織毛衣爲生的美麗女孩，更是一字未提。

她，想必就是吳泰昌先生見過的那位沈先生的侄女。

鐘氏文章寫於一九八九年一月，距沈荃「平反」已有很不短的時間，作爲「家世考」的文獻資料，如此掐頭去尾，不敢不願，或是不能還歷史以眞面目，使這篇文章的學術價值大大降低。或者，熟知中國國情的也可以大膽懷疑，是不是沈荃之「平反」並不徹底，留有尾巴，使研究史料的人怯步呢？這種情形在大陸四十年的歷次運動中多有出現，並不是新聞。

最後，《報告文學》一九八九年九月號刊登了李輝的文章〈破碎的將軍夢〉，詳細地披露了沈從文弟弟沈荃——一位抗擊過日寇侵略的國民黨將領被「誤殺」的始末。

該文較黃永玉先生的文章詳盡。沈荃之死，除了黃埔畢業，官拜少將（黃文中說沈荃曾作到中將）之外，還是許多文人的友人，同情者，支持者。更曾經是苗王龍雲飛的友人。一九五〇年曾發牢騷，悲嘆自己「狡兔死，走狗烹」的命運。這就構成了他的「死罪」，其中，並沒有什麼「誤」殺。共產黨對沈荃這樣一位在地方上很有影響的人物，不殺是不會甘心的。

跟黃永玉先生所說一致：沈荃臨死前，用手指前額，對劊子手說：「對着這兒打，沒想到你們會這樣！」沈荃沒有撤離大陸，「誤」入中共陷阱倒是眞的，到死，他也還是不明白。

當時在北大的沈從文卻沒有一誤再誤。封筆，三緘其口，改行研究考古，使有限的生命又作成功一件事業。

同時，他收養了沈荃的女兒朝慧。

由此，我們才知道，陪伴沈先生多年，不知目前戶口在北京還是鳳凰的沈朝慧是沈從文先生的親侄女，養女，也是沈先生去世時，伴在沈夫人身邊的「孩子們」中的一員。

根據李輝的報導，沈荃的平反，也不是「文革結束之後不久」的事（黃永玉先生語），而是整整三十二年以後的事，也就是一九八三年，沈荃將軍才獲得「誤殺」的平反。

一九八三年十月，正是我初次見到沈老和沈夫人的時候，他們一個字也沒有吐露。

黃永玉說沈從文不提他們——他的兄弟姐妹，他的被槍殺的弟弟，精神錯亂之後，病餓而死的妹妹——因此，沈家其他的人和他們的親戚也就不敢提了。

仔細聯想一下就可以發現，發生在沈荃、羅蘭、沈朝慧、九娘身上的遭遇比沈從文筆下的人物更富悲劇色彩。沈先生這樣一位情感豐富的文學家是怎樣熬過來的呢？

黃永玉先生說他：「手裏捏着三個燒紅的故事，哼都不哼一聲。」

李輝的報導中還說沈從文先生生前從未對沈荃的「平反」表示過感激。

這正是沈家的風骨。人帶着那麼多「沒想到」被殺了，三十二年後的一紙「平反」和五百元人民幣就能換來哲人沈從文的感激嗎?!

沈從文內心深處對手足之情的痛惜，他的哀傷，他的憤怒都被深深地埋在心底。頑強的緘默。緘默，惟有緘默是他在他所處的環境中唯一的利器。

從一九四九年到現在，整整四十年過去了，人們仍然帶着一大堆的「沒想到」面對當權者的兇殘。

沒想到他們會開槍，沒想到他們會出動坦克，沒想到他們會秘密處決那麼多年輕人……

在極短暫的週期中，歷史不斷地重演，重演，再重演。四十年過去了，還有什麼是我們沒想到的呢?有，恐怕也不多了。

一九九〇年一月十八日於維州

△一九九〇年十二月廿五、廿六日刊於《聯合報》副刊

後記

關於沈伯伯，我只寫過兩篇小文。很誠實地寫我看到的，想到的事。

現在，沈伯伯回到了家鄉，和家鄉的山山水水永遠的在一起了。那是沈伯伯，他說過的，他是鄉下人，永遠是鄉下人。

他也喜歡節慶期間，鄉下人喜歡的大紅大綠，虎頭虎腦，用彩布，彩線縫製的玩具。說它們是玩具，沒有錯，鄉下孩子對它們正如城裏孩子對洋娃娃，大狗熊一樣，並無二致。我是在沈伯伯那裏，認識民俗之美的。

沈伯伯熱愛生命，那怕是已經剪了下來，插入瓶中的鮮花，仍是有生命的。「生命的最後，仍留給人們美好。花是美的。」他愛花。我去看他，就帶些花，大朵的，怒放的，鮮艷的。他最喜歡。

他總是平靜的。病痛折磨得他不能寫字，也不能看書，他才有了淚。這淚使一向嫻靜的兆和姨驚覺到，最後的時刻已不遠。

一月份，兆和姨的信中出現了激動與不安。四個月後，沈伯伯走了，放下了「人生」這課書。走了。

而沈伯伯的書卻像他家鄉的水一樣，將世世代代滋潤着人們的心靈。

我心中的沈伯伯，沒有淚。只有祥和的微笑。

一九九二年九月廿四日校訂後記

太平湖畔的孤影

——從「歌德」與「缺德」之爭所想起的

一八九九年，老舍生於一個貧苦的旗人家庭。父親是正紅旗的旗兵，死於八國聯軍的槍炮下。母親賢德、勤勞，苦撐着家庭的生活和滿人的門面，盡力使孩子讀了書。家庭的困苦與滿清的腐敗、外強的侵入是分不開的。所以，從小，愛國、救國之想就深植於老舍心中。

一九二四年，老舍去英國考察教育、教書、作研究，因此在他早期的文學創作方面深受狄更斯的影響。許地山看了他的〈老張的哲學〉，覺得很有意思，介紹給文學研究會的《小說月報》。這樣，老舍才和國內文壇發生關聯。「五四」以來的新文學運動，老舍並沒有積極的參與；但他對於白話文的主張卻不僅贊同，而且力行。他的小說不但是白話，而且是北平話，極生動、極富有生活氣息。當然此點也曾受到批評，認爲他因爲語言關係而使題材受到了限制；實際上，恐怕沒有哪一位作家是任何題材都可以寫的。老舍大概還以能寫和者衆的下里巴人而自慰吧。

廿年代和卅年代在中國文壇上政治鬥爭連綿不斷，老舍儘量地避免參加，而與各方面的文化人採取友好的態度。他的作品大都基於愛國主義的主線，所發表的刊物除《小說月報》、《現代》之外，也都是些維持獨立立場、認眞在文學上作貢獻的。

從早期的〈趙子曰〉、〈離婚〉等等，一直到一九三六年的〈駱駝祥子〉，老舍由仿效狄更斯、哈代走向自己的文學道路，作品日趨成熟，對充滿內憂外患的中國抱着深切的愛，對傳統文化習俗中的糟粕作了無情的抨擊，對於西方則抱着學習與批判的健康態度。在〈駱駝祥子〉裏，老舍更進一步指出：「個人奮鬥」的路並不是最可行的。有人覺得這是老舍受到左傾思想影響的結果，事實上一些西方作家在這一問題上有同樣的看法，也並不一定與社會主義有關。時代在進步，歐洲產業革命以來，隨着經濟的飛騰，哲學、社會學、文學不可能再守着舊時代的模式，演變是必然的，並非老舍的獨創。而且老舍最反對的是機會主義者，不論他們的祖師爺是誰，老舍看不起那些卑卑怯怯的小人物。在他的小說中，他歌頌的對象都有一種蓬勃的生命力、一種無畏的精神，雖然這些對象都有他們的複雜性，但老舍還是歌頌了這些人物的某個時期，例如祥子頑強奮鬥、不甘墮落的年代。

老舍第一次出國去英倫的時候，還是沒沒無聞的青年，對於中英關係在〈二馬〉裏有相當可信而生動的描寫。及至一九四六年他赴美講學，《洋車夫》的英文本已是暢銷書，耶魯大學因擁有他而感到無上驕傲；他有了時間寫作《四世同堂》、修改〈駱駝祥子〉。然而，一九五〇年他還是應召回國了。美國並沒有虧待他，他可以在美國擁有一個成功的文學家擁有的一切。他回國後，耶魯大學繼續給他寄邀請卡，從聘書到酒會的請帖，足足十年沒有間斷，希望給他創造條件再度出國，他都放棄了。

爲什麼？

大概只有一個緣故，仍是源於他的愛國心。廿年代、卅年代，他的思想比較單純，主要是一種爲中國、爲社會服務，愛國、救國的意念。四十年代，他的現實主義創作手法已完全成形，但創作思想仍是愛國主義的，並不偏激。在美國講學期間，他是公認的中國作家，在國際上爲中國文學大大爭得了榮譽，與左翼文壇無甚關聯。在這個問題上，抗戰時期可能是更好的說明。

抗戰期間，不熟悉戰爭的老舍勉爲其難地寫着這個題材，不願過問政治的他也參加了不少組織，甚至共產黨也希望利用這個正直的作家去打頭陣。於抗日有利的事他作了不少，但在創作方面，他依然沒有一點「利用價值」。

幾年的經驗，使他立誓寫《四世同堂》。這部書的英文本早在五十年代初就在美國問世了。然而，這部書在大陸出版的時間卻是一九八〇年，卽老舍死後十四年。黨棍們恨瘋了這部書，卻又奈何老舍不得。「出版不出版是你們的權利，改不改卻是作者的自由。」就這麼，一字不肯改動的老舍至死沒見到《四世同堂》全書的中文橫排本。

據說該書一九八〇年出版後，是唯一能與翻譯文學比銷售量的創作。老北平們終於找到了機會再向兒孫們講述北平眞正的歷史，人們在祁家老少的行動裏，找回了一點多年來不敢提及的東西。五十年代受到各種批評的《四世同堂》，在八十年代卻成了文化沙漠中的一股清泉。老舍在書中熱烈謳歌的民族意識，在許多精神極度饑渴的青年心中抬頭了。深秋，在太平湖畔漫步、沉思的人羣中，年輕人漸漸地多起來，湖面上的白荷花雖然那麼靜、那麼美，凝視湖景的人們卻似乎從中悟到了一點什麼，咄咄逼人，逼迫你去思想，激勵你去行動。

人們記得，五十年代，許多留在大陸的作家沉默了，比方說年輕人根本不知道的沈從文。很多人改行了，年輕人一直認爲葉聖陶、張天翼是兒童文學家，除了童話，沒寫過別的。當然，「順應」潮流，爲共產主義大唱讚歌的「大師」們還在忙個不了，郭沫若、臧克家、曹禺等等都是的。

老舍也沒閒着，他忙什麼呢？我們來看看。

五十年代，老舍有不少空頭銜，有名無實，唯獨這「北京市文學藝術工作者聯合會」主席一職值得費心。因爲在北京市文聯下面有個月刊，叫作《北京文藝》。小小一個月刊，不大起眼，發行量竟遠遠超過中共直接指揮、直屬文化部的《人民文學》。原因何在？

老舍有他獨特的號召力；哪個北京人不愛相聲、三弦、大鼓詞、數來寶、說書這些老北平多少年來的老玩意兒？在老舍的聯絡、支持、發掘、研究下，不僅儘可能地保住了不少老東西，而且努力從民間、從社會上搜集老百姓心愛的東西，作成新玩意兒。就拿相聲來說，不僅「賣布頭兒」、「改行」、「關公戰秦瓊」之類的老段子沒有絕跡，而且還有「新對聯兒」、「夜行記」這些新段子出現。

不就是「玩意兒」受到了一定的保護，而且藝人們在「北京文聯」保護下也沒有像外地的情形那麼慘。比方說「麵人兒張」、「畫兒韓」這些身懷絕技的老藝人們談到「舒先生」的俠義知己，無不讚許。說老實話，如果沒有老舍及其友人們的四處奔走，八方活動，那些五十年代既無職業又無收入、骨頭又硬、又不肯溜鬚拍馬的老藝人們，眞不知落到什麼樣的結局呢。

達官顯貴們不是老舍的座上客，而侯寶林、馬連良、裘盛戎、鄧拓、吳晗卻常和他來往，切磋文學、藝術上的新課題、老傳統。好學的青年們也常上門請教。老舍自己也很喜歡拄上拐棍兒，到青少年們的文藝集會上去聽聽看看。在這種時候，大家覺得「舒公公」還是那麼年輕。

五十年代之後，老舍的新作清一色是劇本，他的拿手戲——小說——差不多是不寫了。這是什麼道理？自五十年代起，北京文藝界裏最活躍的就是話劇，有沒有「文化」的人都愛看話劇。莎士比亞的、契柯夫的，也演了不少，那當然主要還是以知識分子爲對象的。老舍的戲卻是雅俗共賞，老幼皆愛。他的「龍鬚溝」在國外有人批評，說是爲共產黨「鳴鑼開道」，但眞正看過「龍鬚溝」演出的人，心裏都明白：「甭管什麼黨、什麼派、什麼主義，只要是爲百姓謀福利的事，就是好事。」一個政權在它開始的時候，總會網開一面、略施德政的。不聽見七十年代的北京人說嗎？「指望再有第二個『龍鬚溝』，哼！那是門兒也沒有！」「龍鬚溝」成了「開國德政」的同義詞，不是很有意思嗎？更何況這個戲還給北京人留下了幾個人們常常懷念的人物：死於苦難的二妞、賣小金魚的程瘋子。

不說、不寫，以沉默表示反抗，同時也擱鈍了筆，是一種辦法；盡自己的力，保護住一角陣地，時不時以自己的作品使洪荒中的人民耳目一新，咬緊牙關頂住身前身後的冷箭爲大衆服務，是另一種辦法。很難說孰是孰非。

老舍的作品，人們喜聞樂見。在北京市民的心中，在海外學人的心中，在許多研究中國文學的外國人心中，有着舉足輕重的地位。

有一個小故事在北京人口裏流傳着，說是某日，某雜誌主筆、記者們一大堆聚到燈市口路西豐盛胡同舒家，向他請教一個笑話，並事先講明要在下一期雜誌上發表。正巧朋友家一個十來歲的孩子也在他家。他講了一個笑話，除了那個孩子，大家都笑個不停，忙着打開本子記錄下來。老舍打住他們，說那個笑話不算。在大家還不知就裏之時，他說：「這個孩子還不懂拍馬逢迎，他不笑，證明這個故事不好笑，算不得笑話。你們寫下來作什麼？」

留在大陸的作家中，喜歡逢迎者有之，爲高官厚祿將人格賤賣者有之，賣友求榮者更有之，昧着良心信口雌黃者亦有之，老舍從未與其合流。

畢竟不在黨內，對高層鬥爭了解不夠，他沒像吳晗寫出一本《朱元璋傳》，直搗老毛的心窩。他也沒像「三家村」大將鄧拓借《燕山夜話》，氣得當政者七竅生煙（註一），以致招來殺身之禍。然而，老舍以他的正直無私，塑造了許多有血有肉、親切感人、植根於大衆之中的人物，給了老百姓相當大的教益；演不敗的〈茶館〉就是一例。

早先，曹禺的〈雷雨〉、〈日出〉問世之後，一度頗受歡迎，演了些年之後，終於不太有人看了。妓女、亂倫的姨太太之類再可同情，終究不是中國民俗所欣賞的。難怪有人說：
「那些戲裏一個好人也沒有，都是些個髒頭髒臉兒的角兒。」

〈茶館〉兒可是有聲有色的老北平，那裏邊兒可是好人比壞蛋多。你瞧，北平人的俠義，老愛助人，甚至北平人的客氣，在〈茶館〉裏都有了淋漓盡致的描寫。〈茶館〉兒，那可是北京人的驕傲。人們忙了八個鐘頭，又來上兩個鐘頭「政治學習」之後，回到家吃上一碗麵，換上件洗淨的藍布衫兒，花上一天的工資坐在戲院裏看〈茶館〉，多美。外地的親友來了，北京的主人們得顯唄（註二）一下，一大老早五、六點鐘，上戲院門口的售票處站隊買票去。幹嘛起那麼大早呵？這可是〈茶館〉兒！不早了哪兒買得着票啊！這個戲這麼叫座兒也是眞有點兒道理，老老少少都能在這齣戲裏找出自己最喜歡的人兒、事兒跟時代。

看完〈茶館〉，老人們告訴孫兒女們：「當年的北平啊，哪兒像現在這個樣兒?!」開始「話說當年」了。老人們今不如昔的感受，借着〈茶館〉的臺詞兒可就找到了發洩之處。孩子們這才知道，敢情老北平有兔兒爺、兔兒奶奶那麼好的東西！東安市場五光十色的小鋪子，廠甸兒的乾棗兒串兒……孩子們流着口水、嚮往着。可不是嘛，除了知根知底兒的老舍，現如今還有誰能讓生在五十年代之後的大陸人再領略到一點老北平的風韻？

一九六二年，那個多年被充作馬前卒、然而藝術良心終於按捺不住的邵荃麟，竟然不知死活地提出了什麼「中間人物論」。這不是異想天開嗎？共產黨做事，不是紅就是黑，不是敵人就是朋友，哪兒有什麼中間的路可走。這一下，自一九六三年開始的，以重新劃分階級隊伍爲宗旨的社會主義教育運動中，不但邵荃麟作了靶子，而且像巴金的〈家〉，茅盾的〈蝕〉、〈子夜〉，老舍的〈祥子〉、〈茶館〉、〈女店員〉等等「階級界限不清」的作品，都作爲「散佈資產階級人性論」的「有害作品」而被禁了。——沒被稱之爲「毒草」已經算便宜了——本來嘛，出身城市貧民的祥子硬是跟小業主出身的車行老闆的女兒虎妞結了婚，這不是混淆階級界限是什麼呢？至於提籠兒架鳥的常四爺、開茶館的王掌櫃的，那一個不是封建遺老、遺少？在臺上竟然晃了十幾廿年！這該算什麼罪名？

得，禁就禁吧。老舍有自己的根基，也有自己的土壤，只講「路線鬥爭」，還不興私設公堂的「社教」沒敢把老舍怎麼樣；他提起筆來，專心研究自傳體小說《正紅旗下》。

這個大部頭作品的開端雖只有八萬字，卻撩得人心酸，不禁又想到一九六六年，這顆巨星的殞落。

在文聯遭了一番「文鬥」之後，又被抓到街道上批鬥，老舍嘲罵了一輩子的小市民們，這會兒卻握上了生殺之權。多年來，豐盛胡同二號的幽靜就是他們的心病；而爲了老舍的腿，周恩來親自撥下來的每多三百斤的陽泉煤——那煤沒有沖天的黑煙子，多可人疼——一直是這些小市民的眼中釘、肉中刺。現在可好了，叫他跪着。他不是怕冷嗎？叫他燒他自己的書。在大火堆前跪着燒書，身上燎起了大火泡也不准停！反正新華書店有的是老舍的書，蹬上平板車，一車車地拉來就是了。燒夠了，叫他站着。他不是離不了拐棍兒嗎？把拐棍燒了，叫他就那麼站着，頭頂上還得舉塊大牌子，手放下一點兒也不成，牌子稍低了一點兒，就用鑲了銅頭的皮帶抽他！

過去的歷次運動，雖然險惡，尚可知誰是誰非，還有一點頭緒。如今可好，黨、政、軍、各行各業，亂成一鍋粥了，而且是什麼「大亂出大治」，這可眞是史無前例而且看不到盡頭的刼難了。

老舍跳太平湖了。有人說：「在旗的，傲慣了，哪受得了這份兒糟蹋！」有人說：「還是老舍骨頭硬，不願苟延殘喘，不愧是北平人！」也有人說：「沒指望了，死了清靜。」甚至有人說，臨跳湖前，有幾位平素和老舍在一起打太極拳的老者竟沒攔他！問那幾位老者爲什麼，誰知他們竟一拂袖子「生不如死！」掉頭而去。

總之，老舍的死在中國大陸是一聲沉雷，而在崇拜他的日本，無疑是火山爆發了，不但影響雙邊文化交流一段時日，甚至危及到日「中」關係。而且，最早的《老舍全集》是日文的，出版時間爲一九六八年。

在美國，老舍的死可比作六級地震，對中共還抱最後一點幻想的人徹底絕望了。《老舍全集》的英文本出版於一九七七年。

據說，大陸上《老舍全集》的收集整理工作「尚在進行中」。他們正在出《老舍文集》，已出到了第三集，內容是他卅年代的三部小說：〈駱駝祥子〉、〈文博士〉和〈火葬〉(註三)。

一九八〇年，老舍才得以平反，開了平反大會，設立了衣冠塚。收到老舍青年時代的合作者趙清閣女士的來信，才知道平反大會上竟是營壘分明。大陸文壇上的剛直不阿者與熱愛老舍的平民百姓們，面對那羣直接或間接將老舍推下地獄的鬼怪們，怒火中燒，不能自已。人們在沉痛地懷念着屬於大衆的藝術家老舍。痛定思痛，人們也在深思，怎樣完成老舍未竟的事業，喚起億萬中國人，咬緊牙關、挺起脊梁，推動這個飽受蹂躪的國家走上國富民強的路。

附註：

註一　「三家村」是鄧拓、吳晗、廖沫沙在《北京晚報》上發表小品、雜文嘲罵時政時用的筆名；一九六五年開始被「黨內批評」，一九六六年被公開批判。

註二　北京土話，顯示的意思。

註三　一九九二年九月，「人民文學出版社」終於「出齊了」這部文集，共十五卷吧。

後記

廿六年過去了，我沒有忘記舒公公的死。每一想起，仍忍不住悲痛。他給我的字、書、泥捏的各種人物與臉譜，都毀於文革之中。只有一把可放在掌中的小銅壺，是老人當年往硯臺裏加水用的。因爲它的「不起眼」，而被造反派丢在垃圾中。人散了，我的外祖母拾它回來，在一九六七年初的寒冷中，交了給我。從此，它伴我走遍中原大地，西北邊陲，又伴我回到美國，來到寶島。睹物思人。舒公公說笑話，寫文章，杵着拐棍兒澆花。好像都是昨天的事。

小壺的水滴進硯裏，教我寫些中國老百姓喜聞樂見的字。

一九九二年九月廿二日校後記於高雄盧園

鄭萬隆和他的——〈古道〉

我認識鄭萬隆和認識其他中國大陸作家一樣，都走過一段挺不近的路。

一九八四年秋，萬隆第一次踏進我那位於建國門外的外交公寓，在裏邊兒轉了一圈兒，然後在客廳裏站定，毫不含糊地提出他的意見：「根據北京居民的住房情況，你這兒起碼得住一個連！」「一個連太擠了，有失人道。住一個排就是了。」我提出異議。

那個時候，他正忙着他的《異鄉異聞》系列小說，文章登出來之後，我非常喜歡。忙着向他介紹司馬中原先生的作品。他看了後也非常喜歡，問我：「你還有多少？」我如數給他。不夠。又去香港爲他搜集。

八五年，是「清除精神汙染」之後，繁榮的一年。萬隆來了，告訴我一個「燒棉花」的故事。

他說：「那棉花，絲絲半尺多長，銀打的一樣，吹一口氣發出錚錚的琴弦一樣的響聲。」

我嘆口氣：「好棉花。」

「結果，燒了。」他的手指顫動着，煙灰掉在了煙缸外頭。我趕緊給他換了一個大號的。還是很快地堆成了小山。那煙蒂，一個一個快快地堆了上去。

「因爲等了十幾天，因爲下雨，因爲一級棉花成了等外棉，因爲所有摸得着，看得見的原因！」他憤怒了。

「還因爲那些摸不着，看不見的原因。」他悲哀了。

我一聲不響，看着這個北方男子漢緊鎖的眉頭和被煙燻黃的手指。

「還有一堵石頭牆呢！那牆是收購站的，賣棉花的農民看不見站裏的情形。下雨，牆才塌了。」

「那可就看見了，什麼都看見了。」我說。

「你說要命不，賣棉花的人瞧着大水衝倒了棉花囤沒人管，又把牆砌起來了。」他兩眼冒火。

「這回就什麼都看不見了。」我直嘆氣。

「可不，……」他說不下去了。

以後，他更忙了，短篇小說一篇篇問世。我都喜歡。有時打趣他：「嘿，萬隆，選你小說的那位編輯大概沒怎麼瞧懂吧？這會兒，不是都朝前看了嗎？」他笑笑。不言語。

他當了《十月》副主編了。忙，忙得不得了，有人告訴他：「××說了，他的文學成就要超過巴金吶。」又有人說：「××比××更狂，還說這個目標太低了吶！」他笑笑：「敢於超過前人是好事嘛。」他厚道，我想。

他夫人告訴我，他忙得日夜着不了家。可他打電話給我：「××小說，你看了沒有？」「我看了。」「眞沒想到，小說還能這麼寫，太震動了！」他在電話裏極興奮地告訴我。他讀書，求甚解。我們更有得聊了。

我要走了，問他：「那個燒棉花的故事呢？」

「你準見得着，我準寫，想寫深點兒吶。」

八七年春天，萬隆來美國訪問了。我在紐約見着他。他去了我在曼哈頓的寓所，什麼都沒說。我告訴他：「我眞喜歡《有人敲門》這個集子。」他笑笑。

他很憂鬱，沒說爲什麼。我請他去中國館子吃青菜。「青菜好。」他說。我又問他：「燒棉花的故事呢？」

「寫了。」他吐了一口氣。

我知道，從「寫了」，到印成鉛字，到我能見着，這中間還有萬水千山呢。我不言語，勸他吃菜。

「有好東西，我都寄你，可惜現在好東西不多。」他很抱歉，「人家要搞運動，我陪不起時間。」

我心裏咯噔一下。時間，我們最缺的東西就是時間。沒話可說了。況且，反對自由化正一聲高一聲低的喧囂着，我的聲音未免太微弱了。不說也罷，吃菜。吃飽了留點精氣神兒看看曼哈頓。

「這麼個龐然大物，不會把你嚇着吧？」

「不會。我得看看它有多大，多嚇人。」他笑了，笑得坦然。我們說的是曼哈頓。

八七年艱艱難難地過去了，龍年來了。這條龍剛剛飛近，我就收到了這一大包來自北京出版社的書。

翻開一九八七年九月的《小說選刊》。

〈古道〉，正是那個燒棉花的故事，取名〈古道〉，不由得讓人多想一想。

正是那個差點兒成了上中農，而卅多年來「一直把國家和個人的事連在一起想得透徹」，「從來沒有非分念頭」的常六老漢，面對棉花收購站的種種不平事，終於「肚裏有氣了」。

故事並沒完，天下雨了，那是「把四野變得一片白」的大雨。古道上的雨水衝塌了收購站的院牆，讓他看到了比古道還低的空蕩蕩的院子，看到了「一囤囤的棉花像船一樣泊在水裏」，而且院子裏沒一個人！

他受不了了，他的農民的血沸騰了。他領頭堵起了那石頭牆。然而，他受得了忍飢挨凍的十幾天的苦苦等候，卻受不了那致命的一擊：常六老漢不齒的杜長海，手裏有權的收購站站長竟要按等外棉收這批棉花。

於是，常六點着了火柴，他的棉花變成了一片輝煌。這火使周圍「那所有的呆板的像貼了黃裱紙一樣乾枯的臉上突然都有了感覺，有了活氣，有了像火一樣的血色。」而那古道，「也被火光舖展寬了」，「讓人看了眼暈。」常六老漢就沿着這古道走了，沒回過一下頭。

我呆呆地撫摸着已經捲了邊的雜誌，淚眼模糊地看着這條中國老百姓走了千年的古道。那一片輝煌的火光中，我又看到了那北方男子漢雙眉緊鎖的臉，看到了那堆成小山的煙蒂。

謝謝你，萬隆，謝謝你的〈古道〉。

後記

萬隆是好朋友。極難得的，無話不談的朋友。

我眞愛他的〈老棒子酒館兒〉、〈黃煙〉、〈空山〉、〈狗頭金〉等等整整一座山的小說系列。

那種無可言喻的樸拙，那種深切而激烈的情感，正是北方熱血的特色。那特色來自萬隆的家鄉，黑龍江邊的開拓者們創造的山村。

文學評論家們把萬隆的作品歸入「尋根」文學之中。對此，我有一點看法。萬隆不必「尋」根。根，深植心中，不必去尋。萬隆正在做的只是在小說中「體現出一種普遍的關於人的本質的觀念。」(註)

他的視野是更加廣濶而深邃的。

八九年春，中原大地一陣激盪，萬隆的血又一次沸騰了。

不必人告訴我，我就知道，在這種時候，他會站在那裏。他是那樣地熱愛自由啊！他是那樣地關懷人啊！結果，他失去了關懷的自由，長達好幾個月。

平靜中，我收到了《紙鳥》，一本印刷非常簡陋的書。然而那本書所釋放出的能量卻是可以翻天覆地的。

古今中外，多少人寫愛情，寫得出神入化，寫得死去活來。但是，能把愛慾寫進靈魂深處的高手並不那麼多。《紙鳥》卻是其中之一。

在巨大的壓抑中，情愛如同紙鳥般飛向大火。讀萬隆的書，永遠可以有那麼一種火山噴發中的震顫。

書只印了兩三千册，也許，暫時也不會再版了。但是，終有一天，《紙鳥》會飛起來，後人會把《紙鳥》列入經典小說中去的。

今天，我和萬隆都能感覺到的悸動，將來的人們也會感覺得到的。因爲萬隆寫的是人。

一九九二年九月廿五日校後記

附註：

見《生命的圖騰》，三百一十三頁。中國文聯出版公司出版。一九八六年九月。

堅實的大地

——朱曉平和他的《陝甘大道》

朱曉平是道道地地的城裏人，不僅生長在城市裏；除了插隊當兵的日子以外，他也一直生活在都市裏。一九七八年，他考入中央戲劇學院，學的又是戲劇文學專業。不深談的話，外人很難從這麼一位談吐文雅的城裏人身上找到農村生活的印記。

但就是他，寫下了廿萬字的〈桑樹坪紀事〉，用他的小說把文革期間中國西北農民所遭受的磨難、苦痛，活脫脫地展示在讀者面前。過了幾年，他的小說又改編成話劇，爲劇評界譽爲中國話劇史上的里程碑。於是，他不僅擁有了熱愛他作品的讀者，也有了熱情的觀衆。

我是一九八六年夏天快離開北京的時候才見到朱曉平的。原因很簡單，他對大使館的鷄尾酒會興趣缺缺。他來了，只是因為他確切地知道，我是眞的讀過了他的小說。這麼着，他才露了面兒。

當時，一位名家的一個具有「突破性」的中篇正成為北京各式文藝圈兒裏的熱門話題。既是熱門，我又未能免俗；朱曉平是初次見，總不好一開口就談桑樹坪；於是，我就跟他聊起這個「好評如潮」的著名中篇。

「文字不錯，作家的才氣是不能否定的。不過，水份太多了，這樣水淋淋的作品。」朱曉平帶着笑，坦率而誠懇。

「水淋淋的？」我哈哈大笑了。這一笑，大大縮短了我們的距離。

「曉平，你的作品可是沒什麼水份。」我說。憑良心講，我實在不大喜歡作者在裏面大發議論甚至大發牢騷的作品。小說嘛，該讓人物自己來說話，也許我還是保守吧。

「越寫越乾了，淨是乾巴貨。」他直樂。

「有沒有好心人讓你把中篇拉成長篇？」

「有的是，淨是讓我把短篇拉成長篇的。」

這回，是我們倆人哈哈大笑了。

「快說說，你的乾巴貨寫成了沒有？」

「正琢磨着呢。該是一個系列。」朱曉平聲音低低的。

「你知道有一條路，叫作陝甘大道？」他問我。

「現在的西蘭公路？」我反問他。

他沉默着。直到現在，時間過去三年多了，我還清楚記得他當時的表情。一個非常達觀的人發自內心的沉重和憂戚。

「你寫得快嚒？」我換了個題目。

「快。」他抬頭瞧我，平平靜靜的。「一天寫一千字，我受不了。寫起來，沒日沒夜；寫完了，人也垮了，倒下去得躺個好幾天。」

「會不會虛脫？」我笑問。

「會。」他肯定地回答，「會大病一場。」

書房門開着，他瞥見了那一地的稿紙。

「你也是一邊寫，一邊扔，拋撒得滿世界。」他說。

「嗯，稿紙上有號碼，寫的時候就這麼寫下去，寫完了把筆丟開，過兩天，一張張撿回來，瞧瞧還過得去，再寄出去。」

「咱們是一個脾氣。」他笑笑。

* * *

我是眞心喜歡朱曉平的〈桑樹坪紀事〉。我最初讀它們的時候，還是散在雜誌裏。一直到八七年，四川文藝出版社把〈桑樹坪紀事〉，〈桑塬〉，〈福林和他的婆姨〉結集出版，讀者才有了一覽桑樹坪全貌的機會。

八八年夏，我收到了曉平寄給我的這個集子，題目選得極好，叫作《好男好女》。全書廿來萬字，由散文〈情思縷縷〉和十篇短篇小說組成。每個短篇都自成格局，由一兩個主要人物貫穿其間，語言極富地方色彩，生動鮮活。人物形象極具立體感，個性鮮明。整本書一氣讀下來，讀者自然地感覺到作者對陝、甘、寧交界麟遊山區這個十幾戶人家的小村所傾注的一片深情。一個十六歲的省城來的學生娃，在這小村裏長成了大後生，明白了許多書本裏，報紙上，廣播裏永遠學不到，永遠聽不着的道理。

「那個動亂的年月，除了極少數的人，怕是人人都在吃苦受屈，學校關門，工廠停產，幹部挨鬥靠邊站……唯獨莊稼人不敢放下他們手中的活路，沒人去管他們的饑苦艱難，可他們卻要用加倍的血汗生產糧食，去維持這亂紛紛的世道。」（見《好男好女》第十七頁）

對學生娃「上山下鄉」這個「偉大的運動」，生產隊長李金斗說得好：「你們胡折騰夠了，腦系們惹不起又養不下你們，把你們又弄到這搭來奪我們莊稼人的衣食來咧！唉，說來說去，還是莊稼人最可憐啊……」（「腦系」是當地山民用以統稱「上級領導」的用語。）

那麼，李金斗說的莊稼人的「衣食」又是怎麼個情形呢？

曉平用大力量寫了農民的悲慘生活，用當地話來說是「熬營生」：「解放二十年了」；一家人還蓋一床被子；整天就吃洋芋，饑荒年月，拉棍要飯；一個勞動日才一毛二分錢，無論男人女人兩身衣裳一單一棉，不知穿多少年。男人娶不起媳婦，生出無數悲劇；女人更是被賣，被騙，活得慘。

在中國大陸，所有這一切對那些眼睛看的是報紙，耳朵聽的是廣播的人們來說，是一個不能相信的事實。

曉平用大力量寫出了這塊土地的眞實。

那麼人呢？這塊土地上的人怎麼樣？曉平用四個大字定了調：「好男好女」。他們都是好人，天大的一個窮字把他們壓彎了腰，把他們熬磨得自私、精明，爲蠅頭小利費盡心力；也把一顆顆原本良善的心熬磨得冷漠、殘忍、狡詐。然而，他們生活在最底層，他們受到最多的壓榨和煎熬。當學生娃告訴喂牲口的金明：城裏貼大字報用整袋的麵粉打漿糊，那漿糊比桑樹坪村民碗裏的苞谷麵「攪團」好得多的時候，金明的臉色非常難看，就此悶聲不響。

類似這樣的描寫還多着。生生勾畫出一個鐵打的事實：數量巨大的以原始方式苦熬苦作的莊稼人在用他們瘦骨嶙峋的肩膀支撐這個社會的時候，他們過得是不得溫飽的日子。苦，苦不堪言的悲慘日月。人們活着。不僅活着，還要思摸點什麼，還要追求點什麼？什麼呢？也就是夢吧?!「夢裏尋下個好光景」。這夢只得自己作嘛？不，窮鄉僻壤的，有的是好歌子。

十六、七歲的學生娃不止一次地被山歌迷得如醉如癡。歌子裏有着莊戶人的夢，有着莊戶人心裏的那個「好光景」。山歌幾乎成了山民唯一的精神寄託。山歌爲整本「好男好女」所生活的悲慘世界增加了一點歡快，一點浪漫，一點詩意。

如果說〈桑樹坪紀事〉如泣如訴，是一首如歌的行板，那麼《陝甘大道》則似狂風驟雨，以雷霆萬鈞之力寫下了一個鋪天蓋地的「窮」字。這個字壓碎了億萬人的骨頭，在中國大陸這塊黃土地上肆虐。

「陝甘大道」系列小說帶給讀者的是心靈的震撼。

* * *

香港《文滙報》一九八九年十月六日報導：在第二屆「中國藝術節」上，〈桑樹坪紀事〉被禁演。

友人說，《陝甘大道》之一、之二、之三、之四都已分別出版，結集是很難了。

在華盛頓的世界書局買到李陀等人編的，由香港三聯出版的《中國小說・一九八六》。這本集子收了曉平的〈陝甘大道之一——私刑〉。文章結尾處，曉平說是該文寫於一九八六年十月十九—廿二日。而且「病中於龍潭湖」。果不其然，四、五萬字的一個中篇，寫了三天！

至於之二、之三則遍尋不獲。無法可想之際，寫了信給曉平。他只寄來了兩份影印件，〈陝甘大道之二——閒糧〉和之三——〈石女〉。至於「之四」，他信中說年底可望刊出。從寫作上來看，《陝甘大道》已然完全是反映農民生活的寫實主義作品。在〈桑樹坪紀事〉中不佔主要地位的學生娃完全無影無蹤。而在桑樹坪一點一點站立起來的人物，在陝甘大道上游走起來，循着他們本來的生活軌道，完成着這部小說。

朱曉平在〈桑樹坪紀事〉中所傾注的全部熱情消失於無形。陝甘大道上所走着的人都以自己的語言，自己的觀念，熬着個人的營生。作者徹底地放手了。小說是十足的「乾巴貨」，沒有一句的夾敍夾議，作者只是客觀地把一個世界，一種生活再現在讀者面前，讓讀者自己去感受。

讀第一遍，我驚得跳了起來。讀第二遍，止不住的淚水滾滾而下。讀第三遍，手中的紙頁鉛一樣的沉重。字裏行間，是中國大陸農民煉獄般的生活現實。耳邊響着的是作家朱曉平爲農民的苦難所發出的驚雷般的吶喊。

不能無動於衷，不可能無動於衷，這才拿起筆，對這部作品作一點簡單的介紹。

災年，夏糧顆粒無收。桑樹坪全村只得「救濟糧」二百斤麥。隊長李金斗派出二人帶上這些麥和全村人湊起的幾十元錢去陝甘大道上換些苞谷種，想補種苞谷得些秋糧。二人從山裏到了大道上，竟被那「花花世界」攪昏了頭，終至被騙，換得的苞谷種和驢都被刼了去。二人回村哭告。全村人以命相託，二人竟誤了大事，自然不得輕饒。二人認打不認罰，於是按家法族規，又打又吊……其中又勾出不少的私仇、舊怨，二人所受活罪，可以想見。這就是〈私刑〉。

二百斤麥換成六百斤苞谷種。就成爲係一村人生死安危的決定性因素，這一因素的失去引發出全村人參加演出的一場活劇，其悲劇氣氛不能不引起讀者深思。

〈鬧糧〉更進了一步。

夏糧無收，經過「私刑」一番折磨的桑樹坪人好容易又得些苞谷種，盼着秋糧，得來的是苦旱，估摸着只能有個四、五成收成。完糧，完稅，完攤派之後，所剩無幾，年終如何分配？

那在無數的折騰中「變得聰明起來，心活了，眼靈了，嘴乖了，話順溜了，耳朵尖了，辦事麻利了，主意多了，點子稠了，心也硬了」的隊長李金斗決心採取沒有辦法的辦法，對那些吃糧不作活的人，扣除基本口糧，「一口也不給」，讓他們去自生自滅。也就是不讓吃「閒糧」了，把從老弱病殘口中掏出來的糧食，全給那些下田作活的全勞力，讓那些支撐全村生產的「精壯漢子」混個半飽。

不讓吃「閒糧」絕對是一件招人恨的差事，村裏主事人都藉故溜走，讓李金斗一個人去唱這齣黑臉。

頭一家的婆姨生的孩子太多，體弱多病。在鷄飛狗跳，大人吵，孩子叫的氣氛裏，金斗扣了人家的糧。第二家是個爲了集體廢了腿的漢子。夫婦倆人不吵不鬧，只是滿懷哀怨地訴說着自家的不幸，金斗知道那殘廢人除了爬行要飯沒有第二條路走，仍然滿心沉重地扣了人家的糧。小說寫到這裏，讀者的心弦已然繃得緊緊。這第三家，是個生「老鼠瘡」的病人，一個多年不出聲的漢子，一個自己用草藥勉強維繫生命的三分人七分鬼的苦人兒。金斗扣了糧，他出了聲兒：「天爺喲，好個難熬煎的營生喲……」金斗出了門，心驚膽戰回頭望。那苦人兒把自己掛到了樹上。

精明如金斗，心硬似鐵的金斗，到了這時也亂了陣腳，發了瘋一般奔逃，嘴裏直叫，

「……金來他不吃閒糧哩……」

小說到這裏形成了高潮，又在高潮中煞了車。

讀者早已繃緊的心弦此時已無法承受死亡描寫的壓力，只有繃斷一途了。

衣食如此，婚姻呢？

曉平對當地婚姻，作了如下詮釋：「彼此並不相識，撮合到一塊，便是夫妻的營生，便是這大天之下又立一個門戶，有夫有婦，還要有子有女，這門戶便世世代代承續下去。大天之下，並沒有悖逆之理，卻是這般的過，才叫做營生。」

〈石女〉是曉平《陝甘大道》的第三篇作品。山區女子，十七歲的蘭兒是個石女，於是，她連山區人的夫妻營生也過不得，被丈夫盤磨得痛徹心肺之時，又深知被休之後餘下的更是苦海無邊，於是她只好用利剪「割它一刀」，完成她「作女人」的心願……。

桌上攤着一本本翻開的雜誌。幾年來，斷斷續續收到的幾封曉平的信。

我常問自己，曉平滿打滿算總共只有八個月農村生活的經歷，而且那也是廿年前的事了。現在，大陸文壇許多「知青」出身的作家都在忙着「突破」，忙着改變形象，何以朱曉平仍然埋頭走自己的路，且從桑樹坪走上了陝甘大道，寫出這麼紮實的文字，他塑造的一個個山區農民的形象極其鮮活地站立在那廣漠的黃土地上。

八個月的農村生活之後是將近六年的軍旅生活，中國大陸的軍人多數是着軍衣的農民，在他們中間，曉平才眞正了解了中國的農民，他認爲「在我們這個國家，不眞正了解農民，談不上從深層意義上去了解和認識我們這個民族！嚴肅地深沉地去思索農民的昨天和今天，才能看到我們這個民族的明天和未來。」（見《好男好女》第二五二頁）

曉平深愛那塊貧瘠，蒼涼，古老又熾熱的黃土地，愛得熾烈，也愛得冷靜。這也許就是他在那堅實的大地上繼續走下去的緣由吧！

一九八九年歲末於華盛頓

△一九九〇年二月廿二日刊於美國《世界日報》副刊

△一九九二年九月廿日校訂於高雄

一首有笑有淚的自由之歌

——讀小說《越軌年齡》

一九八八年四月大陸作家出版社出了一本可讀性很高的小說，題目是《越軌年齡》。

作者王心麗在〈後記〉中說：這部小說是社會和生活給作者的印象，而社會和小說中的人物一樣正處在越軌年齡。作者想通過這些躁動的人物透視出一種社會性的躁動，「假如年齡、經歷不同的人能從中得到一點與自己心靈相通但又說不出來或不願說出來的感覺」，那就是作者的願望了。

我想，作者實現了她的初衷。她又哭又笑地寫出了對毫無選擇的生活所感到的深沉苦痛和焦慮。

小說以三十歲的所謂「大齡未婚女青年」葉喧的感受貫穿全書。寫她怎樣在「學習」生活中苦苦掙扎。「學習爲拿那麼一份可愛的工資，不遲到，不早退。學習恭恭敬敬地服從領導，學習本本份份不狂不傲，學習過平淡無奇的生活，學習用別人的意志來代替自己的意志，修煉出一顆麻木的心來。」

「生活是那樣的令人怠倦！」葉喧們悲號了。

在西方人看來，三十歲，生活還剛剛開始呢。有許多人，到了而立之年還在尋找，還在選擇。前面的日子不但長而且充滿了預想不到的許多機會甚至神奇。

葉喧們到了三十歲，終日沉浸在青春不再的恐懼中，她們知道，她們必得順着平淡無奇的人生走下去，一直到死。想到時間一天天過去就無比恐慌。她們怕，她們生活在驚懼之中，時時因爲芝麻綠豆的刺激火冒三丈甚而瀕臨自殺的邊緣。

在家裏，她們是家庭的包袱，父母的眼睛每天在她們身上「掃描」，監視着她們的一舉一動，不准她們越雷池一步，同時又熱切地盼着她們早一天嫁出去，早一天「過正常人的生活」。

在工作單位，葉喧們不屑於向上級領導獻媚討好，不願爲書記們作菜、蒸飯，更不肯在澡堂裏爲女科長、女處長們擦澡、搓背。也不甘心在辦公室聽到一言半語就去打小報告。一句話，人們司空見慣的行爲都被她們不齒，覺得噁心！她們混不上一張黨票。

她們既沒有「關係」，又沒有靠山，也不想搞個「五大」念念，混張文憑。她們也就「混」不到一個好工作。

於是，她們「混得最慘」。她們得在「集體」辦的小廠裏累到頭暈眼花，借調到某公司還得被裁回來，她們每月只有「幾張破錢」，不等到發工資就花得蕩然無存。她們身上只有一張見不得人的「破工作證」。

一句話，她們沒有任何東西可以炫耀。

那麼青春呢？美貌呢？她們揪着心，端祥着鏡子裏的自己，爲眼角的每一條皺紋、腰圍的日日見粗沮喪萬分，無限懊惱。

那麼愛情呢？葉喧們已然不敢奢望。她們曾期望遇到一個拿破崙式的英雄。如果沒有，「那怕碰到一個白瑞德式的男人也好啊！」然而沒有。人們斬釘截鐵地告訴她們：「中國沒有這種男人！」

她們面對介紹人帶來的一個個異性，毫無感覺地談了吹，吹了談。她們是人，也有性的願望。就是「連和男朋友接吻的時候，都要小心翼翼地克制自己，當機立斷地踏滅慾念的火星。」否則，萬一控制不住自己，「幹了壞事」，在肚子裏製造了一個小生命，那可就在刼難逃了。

辦公室的同事、科長、處長們虎視眈眈，日日注意着誰誰到衞生室領了草紙，誰誰這個月沒去。沒去就意味着可能是未婚先孕。不但具備了在經濟上受打擊的資格（停發工資、獎金），更具備了在政治上受打擊的條件和在組織上受打擊的可能性——被踢出「單位」。更有意義的是，事情本身對於天天在辦公室鬼混的人們來說是一個取之不盡的逗樂題材，人們可以高舉着衞道的大旗，津津樂道好長時間。實在是人人不願放棄的好機會。

面對這樣令人窒息的社會環境，葉喧們悲憤不已：「人活着就是受罪！」

此話實在是恰如其分的道出了沒有生存空間的大齡未婚女青年的苦悶。

單身女人分不到房子，無論白天黑夜都沒有獨處的自由。這並沒有擊垮她們，她們還有「心花怒放」地尋求友情的時候，還有「把腳放在鮮嫩的小草」中間的閒情逸致。但她們的好心緒，她們嬉笑怒罵皆成文章的機敏和靈慧，很快就被週遭的庸俗攪得只剩下無望和懊惱。

她們只剩下一種尋求暫時解脫的辦法，下了班以後，無目的的逛街，把自己淹沒在不熟悉的人潮之中，儘可能撥動胸中一根快樂的弦，以掩飾無法克制的孤寂。

作者哀傷地告訴我們：她的生存空間只有鋪在面前的幾頁稿紙。

除此之外，葉喧們還有另一層禁錮：她們和別的中國大陸普通百姓一樣，絕對沒有思想的自由。

在這部二十二萬字的小說中，作者有四次提到學潮。

一次，在辦公室裏：

「聽說，外地的大學生在鬧學潮了。」葉喧笑着，滿臉惡作劇的樣子。

「鬧、鬧，這些個鬼娃不知道天多高、地多厚。鬧事的人沒有一個有好下場的！」姚素娟憤慨地朝窗外吐了一口痰。

「搞改革嘛。」葉喧顫抖地說，她一看到鬧事起哄渾身就熱血沸騰。

「改革就是叫你順着領導的意思去改。」姚素娟解釋道，皺着眉。

看到這裏，讀者不禁莞爾。

最後一次，作者寫得極其精彩。

永遠覺得沉悶，覺得壓抑，覺得無望，覺得不稱心的葉喧在聖誕之夜想去教堂。

父母說：「不要去！」「街上有便衣！」她還是去了。

街上擠滿了「鬧學潮」的年輕人，葉喧擠到了教堂外邊，看門人卻不放她和年輕人進去。

她問：「不是說，你們，我們，他們都是上帝的孩子嗎？」

看門人說：「你們不信教，不准進！」

「不是教徒就不准進教堂嗎？」葉喧們憤怒了。

看門人說：「這是上面的指示。」

大家哄笑：「上面比上帝還大。」

在仇恨、瘋狂的心態中，葉喧擠出人羣，滙入另外一股人流，她發現周圍都是比她年輕的娃娃臉。

葉喧的同齡人或是對政治不感興趣，或是警告她：「快回家，安全廳的人全出動了！」「很可能有紅外線錄相」、「這種場面不符合安定團結」。

葉喧在人堆裏亂竄，聽人演講，自己也想講，但不斷因爲個人地位的低微、理論的貧乏而感到自卑，感到灰溜溜的。

她什麼「越軌」行爲都沒有，仍是被她過去的同學，如今安全廳的人員盯上了，落了個：「此人一貫不安分，備個案！」的結局。那是一九八七年底。

讀到此，無論是怎樣的年齡，怎樣的經歷，也不能不感到悲哀。

在無窮盡的困擾中，葉喧們一次又一次發出渴望自由的吶喊，甚至想投江跳海，以求解脫。在她們「荒誕」的舉動裏，在她們連篇的「瘋話」中，在在顯示出她們對自由的嚮往。

她們對西方存有許多誤解，她們生吞了大量西方思想家片斷的理念，來不及消化。對眼下的生活，她們再也無法忍受。她們一心求變。

即使是生活在大陸的，數量巨大的「正人君子」們讀這部小說，也不能不在內心深處產生這樣或那樣的共鳴。

小說語言極其傳神，把葉喧們飄忽不定、忽陰忽晴的精神狀態描寫的淋漓盡致。對那些被葉喧們視爲「老巫婆」的姚素娟們也有入木三分的精采描述。

葉喧們，六六～六八屆初高中畢業生（俗稱「老三屆」）們的形形色色，都非常眞實地呈現在讀者面前。

無疑，這是一本眞誠的書。

語言流暢，節奏明快的小說讀起來是很難放手的。

把《越軌年齡》挿上書架的時候卻沒有喜悅之情。

今天中國大陸的政治環境比一九八八年險惡得多。

熱愛自由、一心求變的王心麗們將何去何從？

我希望，她們能保有那幾張稿紙的空間，寫出更爲輝煌的作品。

一九八九年七月十八日於維州

△一九八九年八月十二、十三日刊於美國《世界日報》副刊

後記

三年過去了，與從大陸來的老編們談起王心麗。都說她：「好！」問到她能不能再多寫些《越軌年齡》這樣高水準、有深度的作品。大家說：「難！」一個「難」字涵蓋了大陸有良知，求新求變的作家們的困境。因爲難，我們更珍惜那在燒焦了的土地下面鑽出來的綠芽。

一九九二年九月廿五日校後記

踽踽而行的女人

我喜歡在悲苦中尙能微笑的人，更愛在悲苦中竟能大笑的人，尤其敬重把悲苦埋在心底而把歡笑灑向人間的人。

陳平正是這樣可愛而可敬的女性。

我和她只有一面之緣。八三年春，我在臺北文化大學的老師，李超宗教授來電話，約我們夫婦下山小聚。「陳平也來。」李教授在電話裏說：「我女兒很迷她的書，一定要見見她。」

陳平，筆名三毛。這個筆名不止一次提醒我陳平的悲劇性格。三毛是普通的孩子，普通的窮苦的孩子。在張樂平筆下，三毛帶來的不是歡笑，而是含淚的笑。陳平選這個筆名，不止取「普通」之意，我一直這樣覺得。

讀她的撒哈拉傳奇，更感覺到她內心深處的寂寞。字裏行間，滿是她對荷西的眞愛，對鄰人的友愛，對素不相識的人羣的關愛。在她熱情奔放的描述下面，我看到的卻是一位在大漠中踽踽獨行的女人。荷西不是伴着她，而是融進了她的生命。

之後，荷西極其意外地走了，丟下的，是無法癒合的創傷。

她來了，走進典雅的餐廳，她的衣飾是浪漫的吉普賽式的和諧與自然。一頭烏髮直垂兩肩。她微笑着，自我介紹「陳平」。她的手溫暖。大眼睛裏閃着笑意。四目相望，沒有虛華，沒有矯飾，一如大漠和藍天。我心中沒有撒哈拉，卻盛着中國西北的另一片瀚海。我熟悉她，正如陳平熟悉撒哈拉。

李教授夫婦熱情而隨和，整個晚上大家吃得高興也談得高興，我先生對北非和西南歐都不陌生，和陳平聊得很投緣。席間，李教授的女兒向陳阿姨提出幾個問題，稚嫩的問題是美麗的，滿含着小姑娘對另一片土地豐富的想像。

陳平很用心地聽着，很詳盡地解說着。風土、人情，地理、人文，在她的講述中，是那樣生動而具體，一如她的文章。

之後，我們同住陽明山，卻沒有再見到她。離開臺北以後，隨着她的筆，跟她回西班牙賣她和荷西的房子，跟她回美國「鬧學」，又跟她去上海「會親」，探望張樂平先生夫婦，甚至跟她爬雪山，為她病在高原而憂心……

此地的中文報總比英文報晚一、兩天。

我捧着《華盛頓郵報》，不會有第二個三毛。陳平是獨一無二的。

《世界日報》來了，新聞版證實了那個消息，專刊〈問天〉和〈哭泣的黃玫瑰〉寫出了多少人的傷痛。

我不覺意外，只覺傷痛。

陳平，妳不該用「三毛」作筆名的。但是，三毛確實精采！

年邁的父親，久病的母親，熱愛妳的讀者，關愛妳的出版家，了解妳的新、老朋友們，妳如日中天的文學事業，妳剛剛完成的電影——妳的最愛——都留不住妳了。

妳的散文，一如妳的生命，跳躍着，奔跑着，撲向大自然。妳的電影卻是要妳滾下樓梯，跌斷肋骨，痛徹心肺地寫出來，畫出來。妳是用生命寫作的女性，而妳生命的全部曾是荷西。

不少臺北人覺得陳平像個外國人，朋友告訴我：陳平在文化大學教職員公寓裏還是席地而坐，一如回到北非……

西方人說，陳平是中國女孩，他們為她叫好，加油……

陳平曾熱烈地愛過，但她沒能把他留住。陳平曾急切地盼望友人，但她未能等到。陳平受不了滾滾紅塵的擠壓，而寧可在後園澆菜，但她終於消失在紅塵之中。

陳平，妳屬於大漠和藍天，妳屬於高山和大海，妳屬於明月和清風，妳屬於歡笑，雖然妳心中壓抑着太多的寂寞和悲苦。

病牀不屬於妳，陳平，妳寫下了最後一個句號，它已經冰冷。

世界各地熱愛藍天的人們都會懷念妳，感激妳帶給人們的澄淨。

一九九一年一月七日於維州大雪中

後　記

接到三毛的凶信，是在大雪中，只覺冷，不覺詩意。

又接到住在上海的老作家趙清閣女士的信。她更是說得徹底，「總是女人倒楣」，三毛是女作家，尤令清閣先生心痛。

是否因爲三毛是女作家，就更加「倒楣」，我無從討論。不過，三毛走了以後，確是說什麼的都有，對三毛是否公平，她人已不在，無法辯駁，但我們旁觀者，當然覺得寒心。

作家是非常寂寞的。眞懂得他們的，多半不是親人而是他們的編者與讀者。每天，下筆千言，寫出來的卻是另一個世界。這份孤寂，不在其位，實難想像。

作家還得耐得住寂寞。多少年，只有用筆傾訴的可能，多少年，可能聽不到一星半點的回應。還要寫，還要寫，還要寫下去。這份苦澀，也不易說清。

人常說，三毛不同，她有名，有的是崇拜者，她活得多麼熱鬧。

熱鬧不一定快樂。三毛走了，帶着她的苦澀，只把她書中的快樂留給我們。

一九九二年九月廿九日校後記

魏子雲先生與海內外金學研究

美國《世界日報》「書香世界」專欄在今年一月二十二日刊出金學研究成爲「文壇新貴」的報導文章。臺灣金學研究權威魏子雲先生在文章中簡要介紹了大陸金學研究和普及的現狀。讀之再三，非常振奮。

一九八一年，大陸當局採取「開放」政策後，金學研究逐漸公開露面，而於八五年形成高潮。在這當中，我於八二—八三在臺北，而於八三—八六在北京，在臺海兩岸民間尚無太多往來的當年，充當了魏子雲先生與大陸金學界之間的小信使；親眼目睹了魏氏理論在大陸金學界產生的各種反響，實在有把這一段實在情形記錄下來的必要。

我與致勃勃地把魏先生的大量著作，信件，大陸金學界的文字資料以及我當年爲兩地傳書所作的各種記錄一一置放案頭。大吃一驚。如此豐富的資料，若想細說從頭，須得寫一本大書。目前，只好提綱挈領地作一個大事記。

八二年秋，在臺北。一次在文化大學和李超宗教授談及中國古典文學。我告訴李教授，八十年代初我在約翰・霍普金斯學院帶研究生的一段往事。當時一位美國青年漢學家對天下第一奇書《金瓶梅》讚不絕口，認爲是中國第一部極有成就的寫實主義小說。他和他的一羣同好對西門慶的「統治」藝術大感興趣。他本人則側重於月娘這一人物的內心世界，金瓶梅所表達的世俗人情，倫理觀念，並以此作爲論文主題。

爲了學生，我不得不採取急功近利的辦法，日夜苦讀。爲教而學，談深入是說不上了，但通讀金書，卻深深折服笑笑生的藝術成就，沉醉於其小說語言之中，很樂了一陣子。李教授聽到此，馬上告訴我：「你一定得認識魏子雲先生。他單槍匹馬研究金學十二年了，著述甚豐。」

就這樣，我不但有幸見到了這位名揚海內外的學者，而且得到了他親筆題字的一套大書，《金瓶梅詞話注釋》。抱着這套書，我感慨萬端，想當初，我爲學生開書單，只找到鄭振鐸、吳晗、徐朔方、吳曉鈴等人的著述。如果當時有這套注釋，可以解決多少疑難！當下寫信給巴爾的摩的學生們，欣喜地告知我終於找到了金鑰匙。

離開臺北前，魏先生寫給我一句話：「如遇有關於金瓶梅之研究文稿，謹盼剪下惠賜。

至爲感荷！」

沒什麼說的，這件事當然應該盡力。一到北京，我就開始和徐州教育學院的張遠芬，上海復旦大學的黃霖等金學研究新秀展開聯絡，希望他們能夠提供一些新的訊息。我自己也直奔北京圖書館，希望得到一些第一手材料。

八三年十月底，我向臺北發出了第一批資料，開始了我爲魏先生的研究工作作一點剪報，這樣一個又有趣又有意義的工作。

當年，我携往北京的魏氏著作，除注釋外，還有《金瓶梅編年紀事》，《金瓶梅的問世與演變》。八三年底，我收到了魏先生的新書，卽那本在大陸金學界引起強烈地震的《劄記》。

只緣於一點，魏先生在《劄記》中再三論證的天啓說，卽「傳於今世之刻本《金瓶梅詞話》乃第二次改寫本，成書於天啓。」對於大陸金學界是一個新的課題。之後，《原貌探索》相繼問世，對於蘭陵笑笑生何許人也，提出了支持上海黃霖「屠隆說」的論證，使王世貞說，李開先說，湯顯祖說，以及徐州張遠芬力持的「賈三近說」都產生了致命的疑問。金學界的震盪可以想見。

在這場大動盪中，徐州張遠芬的幾件事值得一提。他寫了一部《金瓶梅新證》，提出笑笑生該是山東人之說。理由是小說所使用的乃山東嶧縣方言。八三年，他陸續收到了《魏氏注釋》及《劄記》之後，於八四年寫了一篇六十餘條的「辯正」，試圖指出魏教授論證笑笑生爲江南人氏爲謬說。其後，魏教授爲此又撰寫另一論文，逐條予以討論及答覆。

當時，細讀張氏新證一書，有了一些新的發現，直覺到的，是張文的斷章取義。不能了解的是，他似乎是翻開《詞話》之後，看了某一篇章，有所發現，卻無法找到另一例證加以肯定之，而只能將其擱置起來。這種以偏概全的研究方法令人生疑。和張遠芬通信間才了解到，雖然他已是小有名氣的金學研究者，但他自己或他的教研組並沒有一部《詞話》可供研究。他只能長途跋涉去一較大型圖書館讀書，寫卡片。用在路上的時間遠遠超過他在圖書館所用時間。其中的磨難艱辛可以想見。

一九八四年夏，我們回美國渡假，我寫了一封長信給魏先生，詳述張遠芬的困窘。回信中，魏先生直言他對大陸學人的同情。

十月的一天，我收到美國大使館郵政部門一位同事的通知，有一個奇大無比的包裹來自臺北，他將親自用小車送來。

當這個碩大無朋的物件放進客廳時，我也吃驚不小。包裹遠渡重洋，破了不知多少次，有細心人一次又一次將其封好，它已經無稜無角，奇形怪狀，只模糊露出寄件和收件人地址。姓名已模糊到幾不可辨的程度。

我輕輕撕去兩層紙，才確定是魏子雲先生寄來的。好不容易拆開一看，是給張遠芬的大字足本《詞話》。六本精裝大書堆在桌上尺半高。仔細翻看，印刷精美，字體又特別清晰。金學研究者有了這部書，可說是如虎添翼。

站在一邊的同事目瞪口呆：這一套大書飛到美國再飛到北京，繞地球一週，竟是一位臺灣學者爲他的論敵提供的「超級砲彈」！

馬上致函張遠芬，請他北上。他來了，那是我第一次，也是唯一的一次見到他。他很客氣，也非常感激魏先生給他的支援。

之後，我們看到的，就是他的〈辯正〉。魏先生提供的讀書、作學問的方便，給了受惠者極大的便利完成批駁魏氏理論的宏文巨制！

心有不甘，寫了封信給魏先生，字裏行間蓋不住的怨氣。誰知，魏先生的回信竟是哈哈一笑。他說：「寄《詞話》給張遠芬，不過是給他提供一點便利而已，他能潛心作學問就好了。」筆鋒一轉，魏先生十分高興地告訴我他和黃霖已經有了相當一致的觀點，一是金瓶梅是政治諷喻小說的可能性。一是笑笑生該從山東這個圈子裏跳出來的論證方向。言語之間是大歡樂，大興奮，是終於有了同路人的喜悅。讀着這一張小小的航空郵簡，我竟是非常感慨。

至於較魏子雲先生年輕的美國芝加哥大學學人馬泰來先生，發現了謝肇淛的〈金瓶梅跋〉，帶給魏先生極大安慰，他不但馬上接受了馬氏的論點，而且稱其重大發現爲「功德無量」，在自己的論文中一再提及。

八五—八六期間，魏先生的論文接二連三，新書出了一本又一本。有文字來，必是張遠芬、黃霖一人一份。兩岸民間關係有所鬆動後，魏先生又闢新徑，經由香港和日本與大陸學人交換意見。除了北大朱德熙先生處，我曾將魏先生論文轉寄外，徐朔方等先生處都是請黃霖代勞了。

論戰仍在無聲地激烈地進行着，我覺察到來自大陸學界相當濃重的政治氣味，常常爲魏先生覺得不值。他的來信卻一如既往，不談政治，只論及學術。對大陸學界咄咄逼人的論文也只談觀點，不涉及個人。

在這期間，許多大陸文壇朋友從我的客廳裏把魏先生的著作帶了回去，讀後也曾向我發表一些感想。

阿城把《劄記》放回書架時，很難掩飾沉重，他說：「我除了尊敬，實在找不出話說。我們離這門學問太遠了。」

鄭萬隆把我所有的魏先生作品，結集與未結集的全部讀遍之後，與奮地告訴我：「這是一個新的境界，完全新的境界。」

我把這些訊息轉告魏先生。來信中，他很愼重地寫了這樣一句話：「你信中所提，令我讀書更細心，以免誤導。」

不久，我見到了魏先生在中國古典文學第一次國際會議上發表的論文〈研究金瓶梅應走的正確方向〉（一九八五年四月十日），在這篇文章裏，魏先生把五十年來研究金瓶梅的「版本」、「成書年代」、「作者」諸問題的各家陳說述論了一個梗概，語重心長地提出了「讀通原著」的主張。其孜矻不懈的治學精神尤令人感動。

沈從文先生生前曾囑我將魏先生重要論文帶給他看。他看了之後，指着一些文章前邊，魏先生匆匆寫上的：「此乃工具書，僅供參考。」等語，很感慨地對我說，「你這位老師很難得啊，他眞是用功，也耐得住寂寞，爲自己選了這樣一個大題目。」

我想，沈先生從魏先生的文章中讀出了他爲後人開路的良苦用心。

八六年夏，我們離開北京，開始了在聯合國的工作。魏先生仍繼續和大陸金學界進行學術研討。隨着兩岸民間文化交流日趨頻繁，魏氏理論在大陸產生了更大的影響。我們也注意到因爲政治的因素，某些大陸學人所產生的反彈。魏先生曾希望各地學界能夠摒棄政治的干擾而潛心作研究的願望在一些大陸學人身上也落了空。

一九八八年十月，魏先生在他的來信中非常沉重地談及大陸學者黃霖所受到的排斥。他再三表示，政治因素的一再干擾實在非學界之所願。

一九九〇年初，他又頂風冒雪參加了在南京舉行的明清小說研討會，帶去了「以文會友，以友輔仁」的主題，盡力促成了海內外學人之間的交流；然後，帶回了一身病痛。

從八三年到現在，整整七個年頭過去了，魏先生的研究成果有目共睹。不過，談起來，他總要提到「大陸金學界人多，資料豐富，已蔚為研究熱潮」等語。

一九九〇年四月，北京出版社出了一本秦亢宇主編的《中國小說辭典》，在「蘭陵笑笑生」一節中，雖然仍提出山東嶧縣一說，但畢竟不再硬性假定，而採取「無確據」說。

在同一家出版社出版的《中國古典文學辭典》中（一九八九年十月第一版，一九九〇年五月第二次印刷）雖然仍沿用了馬列主義文學批評的老套，不過，畢竟極爲可貴地承認了金瓶梅的藝術成就及對後來寫實主義小說的深遠影響。至於對「作者」一項，採取「不詳」的解釋，起碼沒有牽強附會，在意識形態領域遭嚴格控制的中國大陸，這應該算是不小的突破。

正如魏先生所指出的，金瓶梅研究雖然風起雲湧，十分熱鬧，但在大陸仍是禁書，上述辭典指出「一九八五年人民文學出版社出版了今人戴鴻森校點的《金瓶梅詞話》整理本，既方便一般文藝工作者、古典文學愛好者的瀏覽、借鑒，也可供研究工作者取資。」一句話，所謂「潔本」而已，而且並不「普及」。

當前，臺灣學界對金學研究由無動於衷到承認此一文壇新貴。其中的變化與魏子雲先生的研究及海內外金學研究現狀有密不可分的關係。

但願臺灣學界有更多青年學者，在較之大陸遠爲自由的學術空氣中，踏上這條並不平坦的研究之路。與魏先生一道，早日揭開金學研究中的大量疑點，還歷史以眞面目。

一九九〇年元月廿八日於維州

△全文刊於美國《國際日報》一九九一年十月卅一日，十一月一日

附註：

此文撰寫過程中，依據均爲筆者手邊資料，未經魏子雲先生審閱，如有不妥之處，請魏先生及學界中人批評指正。

文學的再創造

寫了一輩子戲的劇作家吳祖光先生年前應上海電視臺之請，將湯顯祖的《牡丹亭還魂記》改寫成電視連續劇，刊登在文學雙月刊《十月》一九八九年第三期上。

誠如祖光先生在「改寫小敍」中再三聲明的，凡屬導演工作範圍內的筆墨他絕未越俎代庖，因此雖然全文以場景變換分爲七十三節，但仍不能視其爲分鏡頭本，而確確實實是一個把湯顯祖的夢話寫給現代人看，其中又飽含祖光先生創作的一個純文學本。

四百年前的湯顯祖，按祖光先生解說，乃是一現代派，一至情至性之人，將杜麗娘、柳夢梅的生死姻緣歸結爲一個情字，纏纏綿綿一部《牡丹亭還魂記》將那「不知所起，一往而深」之情描摹得刻骨銘心。

祖光先生忠實於湯氏，大筆揮灑，足足二十餘節描述麗娘與夢中情人相會、相愛，以至一夢而亡的詳情細節，對白均用白話，清楚、易懂，中間短不了妙語連珠。令讀者跟着麗娘思春，隨着春香鬧學，伴着麗娘愛恨交織地浮沉。

《牡丹亭》原作華美典雅，祖光先生以歌聲貫穿始終。第一節，即以幕後歌聲將序幕揭開：

「忙處拋人閒處住，百計思量，沒個為歡處。白日消磨腸斷句，世間只有情難訴。玉茗堂前朝復暮，紅燭迎人，俊得江山助。但是相思莫相負，牡丹亭上三生路。」

之後，即以歌聲穿插於對白前後，以典雅瑰麗的詩詞訴出麗娘心中的哀怨、喜樂，更訴出作者本人在麗娘身上寄託的無限遐思。這樣的處理使這一文學本迥然於戲曲，令讀者產生共鳴的同時得以欣賞和汲取原作在文字藝術上的成就。

祖光先生畢竟是才情洋溢的劇作家，一枝大筆在縱橫人、鬼、神三界時，常常不着痕跡地予以發揮和創造。四百年的時間距離在驟然間縮短，讀者於莞爾抑或撫掌大笑中有所領悟。

其中妙不可言之處多着，試舉地府世界胡判官審案一節爲例。那胡判官先審了四名男犯，均是於情於理之中，予以適度發落。輪到杜麗娘，胡判官先是失笑於麗娘的糊塗——連命都送掉了。竟不知夢中情人姓甚名誰。繼而對這位杜家的千金又感嘆了一番：

「看妳這樣子，真叫老人寒心。妳父母辛苦養妳長大，多不容易，但妳心裏只有個秀才。」

無論怎樣爲難，案子是非斷不可的，胡判官審愼求證。一聽麗娘說夢中姻緣以花爲媒，馬上請了花神來議事，居然還採納了花神的建議，決定給麗娘指出一條明路，找到秀才，教她夫妻團圓！

讀到此，諸位看官大概忍不住地打從心底裏笑出來，胡判官呀，胡判官，你可一點兒不糊塗，不但富於民主精神，而且通情達理，滿口人情味兒！豈是那些掄着棍子，今天打這個，明天打那個的人間大小判官可以比得的！眞箇是陰間強似人間！

讀畢整個文學本，深感在杜麗娘這個主要人物身上，祖光先生一絲不苟，忠於原作。在安排和處理柳夢梅的當兒，祖光先生則作了比較多的創作，在全劇高潮中，矛盾的焦點更集中於柳生。在這一人物身上，祖光先生傾注了自己對人生的熱愛和理想。緣於此，柳生的形象獲得了四百年來從未得到過的豐富和完善，成爲一個有血有肉，可親可敬，極具風骨的讀書人。

首先，他有情有義。

與麗娘，自然是「生者可以死，死可以生」。無論其是人是鬼，他都是一往情深。夢中也罷，人鬼戀也罷，都不能改他分毫。

與老家人、花匠、石道姑之間，更顯出柳生的俠義心腸。其中尤以麗娘破棺復生，雙雙離去之時，惟恐石道姑受累而堅持請她一同上路一段尤爲感人，使讀者對柳生不由得心生親切之感。

再者，他自尊自愛，對自身價值深具自信而剛直不阿。讀柳夢梅的故事，人們自然會想到當初塑造此一人物的湯顯祖以及今日進行再創作的吳祖光。兩位作家都是才情洋溢而一身傲骨，絕不肯趨炎附勢向惡勢力低頭的。他們筆下的柳生也就自然而然地具備了如是的性格與人生態度。

第二十七節，柳生得好友提醒，來到多寶寺，面見識寶中郎苗舜賓，對價值連城的奇珍異寶竟是冷笑連聲。

苗舜賓：秀才爲何冷笑？難道疑惑寶物不眞麼？

柳夢梅：即便是眞寶，饑不可食，寒不可衣，何以爲寶？

苗舜賓：依你秀才之見，何爲眞寶貴？

柳夢梅：小生胸懷韜略，滿腹經綸，才是眞正治國濟世之寶。

作者心中的抱負，不言而喻。

尤爲突出的是，文學本突現了金、宋之爭。將書生報國的雄心大志納入戰亂頻仍的現實環境，危機四伏，高潮迭起，更見精采。

柳生手無縛鷄之力，卽使到了爲使情人死而復生，不得不扒墳掘墓的緊要關頭，仍是無計可施，須得請花匠出力幫忙，自己只不過焚香祝告，連呼三聲麗娘芳名而已。

可是到了趕考之時，柳生卻是勇往直前，毫無懼色。

考場門外，柳夢梅匆匆趕來，想闖進去，被門衞攔阻。爭吵間，驚動了門官，趕上來。

門官：什麼人？什麼事？

柳夢梅：這裏是什麼所在？

門官：考場。

柳夢梅：我是來趕考的，爲什麼不許進去？

門官：晚了，試期過了。

柳夢梅：英雄報國，分什麼早晚先後？有勞尊官，爲我稟報一聲。

門官：不行。

柳夢梅：金兵入寇，正是國家用人的時候，你不稟報，我自己進去！

門官：（大吼）不行！

（柳夢梅往裏衝，荷戟武士攔阻，亂成一團。）

柳夢梅：（大喊）快去稟告主考官，說今科狀元來了！

壯哉，柳生！讀到此，能不讚嘆！

何謂自信？何謂自尊？何謂膽識？祖光先生以此短短數行寫了個清楚明白！

亂世中，死而復生的杜麗娘巧遇母親與秋香，柳生置生死於不顧，前往探訪老岳父的下落。

結果，剛愎自用的杜平章認定柳生爲盜墓賊，加以刑訊逼供。緊要關頭，麗娘與母親尋夫到此，軍校與柳家老家人也到此尋找欽點狀元柳夢梅。幾起人同時擁到，一片混亂。直到翰林院掌院學士主考官苗舜賓聞訊趕到，才把這落難公子救了下來。

激烈的矛盾與衝突之中，柳生始終不失正直本色，擺事實講道理，寧折不彎。讀者觀書至此，不能不掩卷嘆息。

好在，這一對人兒眞眞好命。在陰間，麗娘遇上了好判官。在人間，柳生不僅得到愛惜斯文的苗大人的賞識，而且遇上了一位極富浪漫主義色彩，通情達理的天子；居然明示：「杜麗娘死後還魂，再世爲人，眞實可信，絕無可疑之處。」欽命他們父女、夫妻、翁婿相認，大團圓去了。

按說，本子寫到這裏，可以「見好就收」了。

祖光先生到底不同凡響，他在大團圓中埋下一條尾巴，豐富了杜平章、柳生矛盾雙方的個性，令人叫絕。

原來這位杜平章大人也非人云亦云之輩，卽使皇上下了命令，依然有自己的主意。他相當的唯物，絕不承認人死而能復生。堅持柳生是盜墓賊，誓不兩立，不認這個女婿！不僅如此呢，他連萬歲爺也不大瞧得上。自居平了叛逆李全，救了皇上的駕。

更出人意料的，那柳生也不枉讀幾十年詩書，在政治上竟是個明白人，馬上反唇相譏，直揭岳父大人不過是巴結上李全之妻才得退兵的老底。直斥老人家在這兒胡吹大氣，也不害臊！

讀者，再也忍不住大笑了！活脫脫祖光先生理想中文化人的化身！

走筆至此，書房裏，祖光先生給我的十個大字高懸着：

「不屈爲至貴，最富是清貧。」

祖光先生用他的筆，將牡丹亭傳奇進行再創造，又一次以他的人生座右銘給現代人以啓迪。

後記

祖光伯伯和鳳霞姨是長輩，也是好朋友。

我小時候，外婆告訴過我。「祖光是江南才子，年紀輕輕，寫得好戲，好文章。」

看《風雪夜歸人》，知道了他的好。

八三年到八六年，我們住在北京。鳳霞姨高興了，說是歡迎我「回娘家」，我也就親眼看見鳳霞姨怎樣一天天地重新站起來。

她的腿在文革期間，被折磨至殘。開始，是兒子揹她，後來是祖光伯伯扶她，最後是她杵個棍兒，自己上下。其中，鍛鍊肌肉、骨骼所受的苦痛，所淌下的汗水，她一字不提，只是站在地當中，中氣十足地唱；一板一眼地教學生；凝神在宣紙上畫梅。鳳霞姨拼盡全身力氣，創造一個有聲有色的美的世界。

六年多了，沒有見到他們了。只記得，我是大哭着離開他們的。

快走了，祖光伯伯請我看電影「闖江湖」。鳳霞姨也去了。片中，祖光伯伯用旁白說明將這個片子獻給所有在文革中死於非命的中國作家，表演藝術家……

淚水一片，再也看不清銀幕上那一排排的名字。

電影更是極其眞切地寫盡一個戲班子的辛酸。

看我哭得像個孩子，祖光伯伯愁得沒辦法，一直說：「結局不是挺好嗎？結局好，你就別哭啦！」

也像哄孩子。

《牡丹亭還魂記》只看到本子，沒有看到戲。好在，本子已經非常的精采，剩下的，就全憑想像啦！

一九九二年九月卅日校後於高雄

磨難的智慧

作家東方白先生完成了他的百萬字巨著《浪淘沙》，回到祖國，接受一個文藝獎。有記者訪問他，對於十年來的甘苦，他沒有任何渲染，只淡淡地表示：白天需上班，晚上才能寫作。他用了生命中最有力的十年來完成這件工作。

看到這樣的幾行文字，我不禁流淚。在北美，白天得工作，只有晚上才能寫作的作家，其磨難眞非人們所能想像。

此地的生活，人人似乎綁在飛轉的車輪上。而且，能者多勞，越是適應得好，機會越是多，工作層層加碼，自己還未警覺時，早已超負荷了。再說，除了工作以外，人們總還得處理民生問題。如果無法接受昂貴的服務，那就親自動手吧，人只有一雙手，一天也只有短短廿四小時，從早忙到晚，一切就緒，人的身體和精神都已到了接近消耗殆盡的地步。

夜深人靜，明天的麵包已不必再擔心，家裏人也都上床安睡。作家們（不能靠稿費和版稅維持生活的作家們）需得振作起來，鋪開紙筆，作另一個衝刺。

在英語世界裏，像東方白這樣用「外文」寫作的作家還有另一件事要做。我們可以稱之爲「換程序」。工作、生活，用英文；說、寫、讀多是英文。爬格子，卻是要用方塊字的。那麼，就需得練成一種工夫，能在短短時間內返回一個母語文字構成的社會，並用這種文字去描摹一個與日常生活有相當距離的世界。現實生活的粗糙與筆下文字的典雅引發出激烈的衝撞。作家必得集中全部心力，讓疲乏已極的身體再一次興奮起來。茶、咖啡等等提神醒腦之物到了這種緊要關頭，所表現出的功能常常無法令人滿意。

眞正起作用的，是一種意志力，一種未曾身歷其境的人們難以想像的意志力。

當然，這只適用於平常的日子。經濟不景氣，公司裁員，收入頓減；生病；家人發生特別事件；感情受挫；不速之客登門，打亂了半步錯不得的時間表，等等等等，那就另當別論啦。我們可稱之「非常」時期。然而，「非常」接踵而至，逼得作家們不得不「習以爲常」的時候，他們的意志力必須有更驚人的表現。

這一方面，東方白先生一字未提。不過，誰能保持十年極有規律，不發生任何變故，每天能有一張平靜的書桌供自己寫作的日子呢？尤其是在美國，一個瞬息萬變的國度，任何人都得在這個大環境裏經受適應與不適應的連番折磨。

數量衆多的美國藝術家有着與此類同的歷程。

記得幾年前，我們住在紐約，看到《紐約客》雜誌作過一個小小的統計，報告中說，在美國能以賣畫維持生活的畫家不過佔全部美術工作者的百分之十四。並不是說其他的百分之八十六潦倒不堪，流落街頭。而是說，那百分之八十六須得從事其他工作。比方說在畫廊打工，在公園裏爲遊客畫像，或乾脆尋找與藝術創作無關的經濟來源以維持生計。

至於靠寫作維生的作家只佔文人總數的百分之十一。比畫家的境遇更爲艱辛。一句話，絕大多數熱愛寫作的人並非暢銷書作者，他們也就成不了「專業作家」，非兼職不可。

其中，性別不同，情勢亦有別。男性文人，有家室之累的，若不具備「超人」的體力、膽識和勇氣，一般不會踏上寫作之途，更不會持久。

女性作者，如果既無丈夫又無情人的支持，再寫不出暢銷書，靠打工來圓文學的夢，情況之悲壯，實在到了說不得的地步。筆者踏上寫作這條路，也是基於丈夫在經濟和精神上的雙重支持，才敢起步的。想當年，白天教書，晚上念書的日子，「寫作」這個夢是不敢作的。

此外，美國雖是一個非常自由的國家，任何人可以寫任何他想寫的東西（極少例外），但是出版卻是極不易的。起步尤難，完全不似國內。國內大報副刊實實在在對培養文學新秀起了非常積極、有力的作用。在此地，最常見的情形卻是文人手捧呎把厚的手稿穿梭於文學雜誌或出版商的辦公室，「推銷」自己的作品，既無副刊可供他們作暖身運動，更沒有「徵文獎」給他們一顯身手的機會。筆者親眼見過連寫十六部長篇小說而尚無一字發表的作家。他靠什麼活着？必得尋一工作糊口。

商業社會，藝術需得賣錢，才能得到「肯定」，也才得以維持下去。不計市場如何，埋頭耕耘的人實在是眞正的勇者。

好心的人們或許會說：社會怎麼這樣冷漠，爲了使文學藝術不致衰亡，該對文化人多些關愛才是。

其實，生活就是如此平實，絕少浪漫的。磨難中，作家保持了他或她的敏銳；磨難中，他或她得到了大智慧。字字句句，添增了文學、藝術殿堂的瑰麗。社會的關愛可能使藝術家的生活得以改善，令他們走得不那麼辛苦，至於內心深處的掙扎與寂寞不是金錢，不是物質生活的改善所能紓解的。

古往今來，中國的、外國的藝術家、文字工作者大抵走着同一條艱辛的路吧！文學和藝術的成就也都是在這苦難的歷程中凝聚起來，留傳給後人的吧！

一九九一年十二月六日寫於維州

△一九九二年一月五日刊於《中央日報》副刊

潮汐

——讀《小說潮》第十二集

一年一度，遠離大都會的喧囂，到海邊去聽濤聲、觀潮汐；碧水長天之間，大海的寬廣自然滌盡心中的浮躁。心氣平和的當兒，衷心企盼的就是手中一卷心愛的書。

今年，在大西洋之濱伴我的是聯合報系春天推出的《小說潮》。收錄了第十二屆聯合報小說獎得獎作品十一篇。形式包括中、短篇、極短篇小說，報導文學及受到推薦的一篇大陸地區短篇小說。內容不但涵蓋臺海兩岸更涉及海外華人的生活與心態。

作者們更是來自世界各地，唯一的共同點是他們共用的中國字，字裏行間激盪着的卻是不同時代、社會的脈動與色彩。

一本得獎作品正是在潮漲潮落之間迸出歡笑，引人深思、內省，抑或催人下淚的。無數讀者的心隨之沉浮。

不知是文學編輯的刻意安排還是巧合，這本《小說潮》以中篇〈大雜院〉開始，以報導文學〈五八六〉壓軸。題材均來自中國大陸。

擠在瘡痍滿目的神州大地上的人羣濃縮成一幅幅樸實無華的畫面，平穩而紮實地在〈大雜院〉裏展示他們獨有的矛盾、衝突以及尚無解的混亂。但是，無論怎樣平實，〈大雜院〉充滿象徵意義，這是如假包換的小說。

〈五八六〉是報導文學，基調是眞實，是理性的直接敍述。一句話，它是驚心的事實，山呼海嘯般挾帶着巨大的力量，不容人不正視它的存在。

五八六——河北茶淀地區清河勞改農場的一個墳場。據我所知，比較起遠在北大荒、新疆、青海、貴州等地數量龐大的勞改農場、礦山來講，茶淀不是最可怕的。但是，當生活在臺灣，生活在海外自由世界的華文讀者看到〈五八六〉的場景白紙黑字地呈現在他們面前時，內心的戰慄仍是無法避免的。

天災造成饑饉在世界許多地方都發生過。在中國大陸和其他曾被共產政權陰影籠罩過的國度裏，天災卻不是造成饑餓的元兇。人禍是更爲可怖的罪惡力量。

「反右」是人禍，盲目冒進，瘋狂施行「總路線，大躍進，人民公社」是人禍。接踵而來的才是天災。天災必得在人禍所開闢的鬼域裏才能表現出其獰惡，才得以肆虐，才會推出如此灰色的、人性泯滅的場景。

細看作者吳弘達的照片。時過境遷，他離開那鬼域好幾年了。但鏡片後面那雙溫和的眼睛仍飽含憂慼。他是從煉獄裏出來的人。他曾想用「不活動」、「不思想」來保全自己和朋友的生命。但在「五八六」走過一遭之後，他不但活動，而且思想，他是用無比頑強的意志和信念使自己遠離五八六的。今天，他並沒有想方設法忘記那一切。他把五八六眞實地記錄下來，他是強者。

不要以爲「五八六」是歷史。它是現實。吳弘達在結束全文時這樣說：「雖然後來的十七年勞改隊的生活歷程亦不容易。但當一九七九年倖存後還是感到『五八六』這一段最清晰。」

在清河農場所經受的荼毒只是熬煉的開始，後來還有十七年……

清河還在，各式各樣的勞改隊依然人滿爲患。進入各地「五八六」的成千上萬的生命不只是因爲饑餓……一切的扭曲，空白，人性的解體仍在繼續中！

潮聲不再平和，淡淡的一句話，深含的悲憤猶如海底火山的噴發，將那整幅的灰色畫布擊成粉碎。

和〈五八六〉不同，臺灣作家劉還月的報導文學〈重重後山尋平埔〉寫的是一首民族遷徙、文化絕滅的悲歌。這支悲歌在這個弱肉強食的星球上被反復吟唱過。劉還月所報告的，不僅是彌補歷史的不足，更要人們從歷史中汲取教訓。無疑，這是一個在文化層次上更高遠，更深邃的課題。

對於花果飄零的中國人、中國魂，紐約的顧肇森醫生和洛杉磯的女作家戴文采用不同的筆觸寫出了好幾位「像樣的中國人」。顧肇森筆下善良、仁厚的車衣女工素月面對的不只是男婚女嫁的困惑與內心悸動。天安門血案在她的生活中融入了新的內容。在對國運的關注引發出的波瀾後面，令素月沉穩直面怯懦的卻是深厚的傳統，以及由傳統而生的道德力量。〈素月〉的深厚與戴文采筆下美墨邊境〈邊城雙俠〉狀似詼諧實則悲涼的「中國人，萬古不滅，英雄無名……」相輝映。平實與典麗，深厚與曠達，完全不同的風格，讀後引發的遐思卻是同樣深遠。

夜早就深了，關了燈，走上露臺，月光下波濤粼粼。大海失去了白日的亮麗，轟鳴着，潮頭在岸邊巨石上不斷撞擊，傳送出來自大海深處的嘯聲。

一九九一年七月廿二日寫於維州

△一九九一年八月十三日刊於《聯合報》副刊

後記

不知哪位老編選出這樣貼切的書名：《小說潮》。潮，時漲時落，但不會停止，更不會死亡。

小說呢？小說會死亡嗎？副刊文學會死亡嗎？會有漲、落。不會死亡。有人就有小說，就有讀小說的人。

各種視聽媒介會不會瓦解讀者羣?!

要知道，看電視連續劇的與看小說的，屬於不同的族羣。美國的電視幾十個頻道，日夜不停。電視裏好像會伸出一隻手來，把觀衆牢牢抓住。

然而，讀書的人仍然讀書。

文字的樂趣，無可取代。

這恐怕才是每年一度，將弄潮兒的佳作收攏來，給大家——愛閱讀的人們——帶來新的啓迪，帶來意想不到的驚喜的眞正緣由吧！

一九九二年九月廿八日校後記

第二輯

史詩般的長卷

在一個將無神論奉爲國教的國度裏。在一個視信神的人爲異端的社會中，張承志在他的履歷裏，在宗教信仰欄內——億萬人只塡「無」——淸淸楚楚地寫明了，他信奉伊斯蘭教。

在北京，我們談到 Bob Dylan 的歌，他說過，他眞正想作的，是一位歌手。

我們也談到他的書。我坦率地告訴他，在〈北方的河〉裏，我最珍惜的，是那隻出土的殘破的瓦罐。他微笑。我告訴他，他所有的作品中，〈輝煌的波馬〉，是眞正的出色。他的眼睛裏閃過一個火花。

當劉紹銘教授把他的這篇作品選入《世界中文小說選》的時候，我興奮地寫信告訴他。回信中，他說，他將開始一個很長的征程。

他來到紐約，和一位猶太學者有約。時間倉促，我們只好一起去吃麥當勞。在那裏，我第一次聽到哲舍忍耶。

他從來不是一位快樂的作家，他的肩上總是沉重地壓着什麼。他的心更是從未輕鬆過。

他穿着藍色的襯衫，灰色的長褲，從肩上挎着的黃書包裏拿出一張卷煙紙，悠然地在高樓林立的曼哈頓街頭，極其技巧地捲成一支莫合煙。吸引了兩位身高馬大的美國警察駐足。當他把一縷輕煙吹向空中的時候，警察們笑，揮手離去。那時候，我就知道，承志屬於大西北。

更早一點，我和他談及一位回民婦女，面對過慘無人道的屠殺，帶着深仇大恨，隱姓埋名輾轉至南疆，在那裏繼續用自已的宗教與文化養育子女。

他聽我說，一言不發，兩隻眼睛簡直是無底的黑洞。我講給他聽的這個故事，被他一滴不剩地吸了進去。我知道，他是他們的人。

後來，他寫信來，他開始寫哲舍忍耶了。

有人告訴我，承志正在瘋狂地寫一本有關血脖子教的書，是個恐怖的教派。

也有人告訴我。哲舍忍耶婦女視她們的丈夫爲神，一切聽憑其主宰。而且，張承志的妻子張平就是這樣作的。簡直是瘋狂。

別人說什麼，我都一言不發，我要看到這本書，而且要看到最後一個句點，才肯說話。

終於，我離開美國前不久，接到了這本寄自日本的書。我懷着驚懼的心打開她，一字一句地去讀她。

空運，海運了幾十箱書。而這本書卻是放在手袋裏，一路帶到臺灣來的。承志的文字向來是經過千錘百鍊的，沒有人能一目十行地讀承志的書。而這本《心靈史》卻像黑暗一樣沉重。她絕對不是一本可供消遣的書，她絕不會帶給讀者那怕一分鐘的喜悅。但她是史詩，是英雄的壯麗詩篇。

哲舍忍耶終於找到了她的歌手。

承志終於找到了心靈的依歸。

這本書是一九九〇年七月，在北京完成的。八九年「六・四」之後，承志憤而辭職，一下子成了沒有單位、沒有薪水的人。他幹什麼去了？他寫「哲舍忍耶」。

這本書是一九九一年出版的，由廣東的花城出版社出版發行，精裝本印數三百九十冊。

現在，這本書已正式被大陸出版新聞總署禁印。

然而，這本書已經風靡大西北，各種手抄、油印本在人們手中傳遞着。

作爲一名作家，一位哲舍忍耶的戰士，承志該覺得幸福。

我接到書的時候，裏面夾了薄薄的一張信紙，上面是心力交瘁的承志寫下的幾行字。他用六年時間，多次深入西北，完成了這本書。此書也可能是他文學生命的終結……

紙片早已破爛不成形，我在捧讀這本書的時候，淚水一次一次地湮濕了它。

我強烈地要知道，承志是怎樣踏上這條血迹斑斑的路的。

「一九八五年春，我接到寧夏西海固山里的農民來信，說道祖的拱北光復了，有大爾麥里。我匆忙上道，趕到蘭州。抵達當夜，我便在這個省城街道上發現有白帽子正黯淡地閃在夜市之間。天亮後——我看見一個白帽子的海洋。數萬哲舍忍耶人從全國各地湧入蘭州，爲歸眞二百零四年的導師致哀悼念。天又下起了哀傷的雨。數萬人擁擠在泥濘之中，喧囂聲直入雲霄。久居信仰的邊疆——北京城裏的我，先是驚呆後是亢奮，把宗敎的爾麥里感覺成了朝着歷代統治的示威。節日過了，激動不已。我不能忍受望着那簇擁成海的白帽子紛紛散去，只留給我一個個難解背影的現實。於是我寫了一篇散文，命題只是〈背影〉。

「到了一九八九年，我自信，我已經成了一名哲舍忍耶的新戰士。這一年的萊瑪丹齋月我在寧夏川裏的一座清眞寺住定，一天天地過着眞正哲舍忍耶的生活。在這個齋月裏，恰好趕上了三月廿七——聖徒馬明心歸眞二百零八年的爾麥里。物換星移，我也變了。我早已摸索到了正確的方法論——首先以多斯達尼的方式爲自己的方式。遠處的老人們穿着褶縫清晰的乾淨衣服來了，我進水房洗了大淨。遠處的女人們抱着孩子來了，我戴上了雪白的六角帽。遠處的青壯年趕着繫彩綢的牛羊來了，我進了殿，跪上了哲舍忍耶堅不可摧的打依爾。

「莊嚴而悲愴的『大贊』念起來了。

「後排傳來了哭泣聲。

「這是不能盡譯的阿拉伯語。這是我們選擇了的、淨口之後才能念出的神語。這是我們的向着最偉大的存在傾訴的愛情。這是我們久久沉默之後的流露。這是我們對人類苦難和犧牲的總結。這是烈士在流血瞬間祈求來的安慰。這是對病態的科學和藝術的挑戰。這是對中國一切粉飾的控訴。這是被現世視爲異端的永恆眞理。這是你再也不能找到的美。」

請原諒我大段地抄錄了承志的原文。

但不是這樣我又怎能在短短幾千字的文章裏寫明白一個永遠倡導「人道、人性、人心」的教派默默堅守，從未訴說過的心境。

二百多年來，只得到過一次承認，那是　孫中山先生領導的中華民國認定了哲舍忍耶不是邪教。

其他的時間，哲舍忍耶一直遭到滅絕的鎭壓。七代導師和百姓們遭受的是凌遲，殺害，監禁，閹割，流放。

他們終於散佈在最爲貧瘠，幾乎無法居住的黃土高原上，他們拼盡全力爭取下一代接受廟堂教育，不識漢字，而繼續他們的信仰。

在不間斷的殺戮中。他們的絕望以殉教，爲信仰犧牲不間斷的前仆後繼表現了出來。他們所承受的壓迫與苦難古今罕見。

其中，沒有瘋狂，只有堅守信仰，維護心靈自由的執着。

哲舍忍耶的婦女們與男子一樣爲自由而犧牲。她們並不是視丈夫爲神。她們和丈夫們一樣有堅定的信仰。

一切的流言被這本書擊成粉碎。

在全書的起始，一位回民寫出他的願望。

「願這部書獲得世界理解！

願回民的心靈獲得世界理解！」

我把這本書帶到了臺灣，希望告訴大家的，只是同樣的一句話。

我們都爲人道主義付出過努力。我們也都爲爭取心靈自由而奮鬥過。

哲舍忍耶作的是完全相同的一件事。只是他們付出太慘重的代價，他們沉默得太久了。

今天，承志寫下了他們的歷史。打破了沉默。

我期盼着更多人看到這本書。她，不只屬於哲舍忍耶，她屬於熱愛自由的全體中國人，屬於整個人類。

一九九二年十月一日重讀《心靈史》後記於高雄鳳山盧園

△一九九二年十一月廿九日刊於《中央日報》副刊

阿城二、三事

一九八三年夏，我們到了北京。那時候，在我的「名人錄」裏，阿城是畫家，是在西單民主牆前掀起一股熱浪的「星星」畫派成員。想見他，大概不難。

一日，見到「星星」主將之一馬德升。他和另外兩位畫家在我們的朋友家中開畫展。我先生極愛馬德升的水墨人物，當即買下一幅。大家高興中，我請他帶一張名片給鐘惦棐先生。當時我想，找到鐘家就有希望了。

如石沉大海，再沒有消息。八五年馬德升終於獲准去歐洲了。我們去他那小小住處話別，祝他一路順風。他一臉鄭重地告訴我們，那名片早就到了鐘家：「沒錯，我親手交的，他們父子都在。」

怎麼會呢？他們也要避嫌嗎？

八五年，阿城已經是名小說家，於是我通過其他途徑再設法找他。找到了，說好了第二天他來建外我們家。

當天晚上，大使官邸有招待會，請了文藝界不少人。我們作主人當然要好好招待客人。百忙中一眼瞥見一位婦女，兩鬢已斑白，文靜地坐在一角，手裏端一杯飲料，閒閒地喝着。怕她無聊，忙走過去和她談談。從點心飲料扯開去，知她是張子芳女士，知她在北京電影廠工作。她仔細地聽我說這說那，忽然打斷我：「你是韓秀吧？」我楞住了。

「我是阿城的媽媽。」她伸出手來。

我的天！眞是緣！我到底見着鐘家的人了。

「馬德升給了我們你的名片。惦栔馬上寫了一封信給你們。」她頓住了。「過了些時候，信退回來了，信封也拆開了。」

原來如此！

「鐘先生好吧？」我問。

「身體不大好。」鐘夫人告訴我。

那時候已經是八六年初夏，我們要走了。走之前，只來得及請鐘夫人問候鐘先生。調到紐約。八七年，鐘先生走了。由於人爲的阻隔，我始終沒能再見到這位才氣橫溢卻受盡委屈的令人尊敬的電影藝術家。

但無論怎樣，我見到了阿城。在北京，在紐約。

阿城按時來了，樸素無華的襯衫長褲，騎着一輛舊車，背着個帆布書包。

我們在客廳坐下來。

茶几上一本作家出版社出的《棋王》。

「我還沒見過這個本子哩。」阿城有點驚訝。

「從維熙先生給我的，八五年十一月出版的。他也才收到不久。」我告訴阿城。

遞給他一枝筆，他寫了四個字「閒時可讀」送給我。日期是八六年五月廿一日。

他抽煙，不喝茶；只喝涼水，自來水龍頭裏的涼水。於是，我只好起身去爲他拿那涼水。

走回客廳，他正背着手兒，站在書桌前，端詳着一個淡綠色的筆洗。

「那不是古董，是我們在臺北圓山飯店買的臺灣本地產品。」我把筆洗遞給他，順便抽出一張小小的說明書。

「我先生知道我愛這些小水盂。他看這東西做得精緻，就向服務小姐請教。誰知那服務小姐再三向我們說明這是仿宋瓷，不是眞品。其實，我愛的就是它的形狀和色澤，是不是年代久遠我倒不在乎。」

阿城把小水盂兒捧在手心，細細地摩挲着，告訴我：「好瓷不在年高。」

那時候，我先生剛從西安回來，帶回一個色彩極爲鮮明的「避邪」。阿城一看就說：「下回我給你帶一個大的，一個眞正的『避邪』。」

他所謂「眞正」的，就是「不是旅遊紀念品，而是當地人用觀音土作胎，彩塑之後，掛在牆上，擺在櫃上，眞正用來避邪的眞品。」

「每次走在鄉下，眞是目光如炬，民間的好東西太多了。」阿城一往情深。

他告訴我，在一個林區；「除了樹，只有一個看林子的小屋子。可窗戶上那窗花，絕對是精品。」他掃一眼我牆上掛的剪紙。

「下回，我帶點來給你看。」

我還惦記着那守林人的小屋子。

「一個老太太，丈夫、孩子，連兒媳婦都死在了她前邊兒。把人家都熬死了，她還活着。那人絕對是一個鬼才。」

「你看見她剪紙了？」

「看見了。」阿城的眼睛在鏡片後面閃閃的，精氣神兒十足。

「她閉着眼，一手拿紙，一手抄起一把大剪刀，紙片兒就飄啊飄的，下雪似的落下來。一會兒，就成了，丟在炕上……」

我聽着，忍不住問：「那看林子的人呢？」

「看林子的，是她現在的男人。一看她抄剪刀，跎蹴在牆根兒底下，大氣都不出，把她奉若神明吶。剪完了，老頭兒跟我說：『她剪的，都是念着走了的人呢』。」

後來，我見到了那位老太太。她的魅力，白紙黑字，刻在了阿城的「遍地風流」裏。

「你有她剪的紙？」

「有。我分你點兒。」

我的天！他居然要分我點兒！這樣難得的藝術品。

過了幾天，阿城眞的又來了，車子上綁着一個尺半見方的大紙盒子。書包裏鼓鼓囊囊的都是紙夾子。

盒子打開，一片耀眼的燦爛。那個滿臉正氣的大避邪臉頰上，額頭上還有五個小避邪，是插上去的，會搖頭也會點頭，個個極爲生動。

「這是一種輝煌。」我肅然起敬。

「方寸之間的輝煌，要數雲南的苗族刺繡。那東西太大，沒法兒拿，你們來我家看吧。」

阿城說。

他打開那些紙夾子，把一幅幅剪紙放在一張深色的紙板上。那些素色的剪紙在紙上伸展開來。

「目瞪口呆」已不足以形容我當時的情狀。

一條三寸長的小船兒，船頭微微翹起，船尾幾乎垂直，船幫上鏤空雕着雲紋。船頭極俏皮地立着一隻蝴蝶。兩根鬚神氣活現。船尾則有一朵小花，三個小花瓣兒，惹人憐愛。

「這是鞋幫，」阿城說：「爲三寸金蓮設計的。」

「這是鞋頭。」他指着另外一片，寸半寬的一個小元寶，鏤着朶朶梅花。

「那是單鞋樣，這是棉鞋。」他又點着另外一張。

一道粱兒的棉鞋幫，不到三寸長，上面鏤刻的竟是一大一小兩個獅子戲繡球。

他看我眼饞，笑瞇瞇的說：

「這是人隨手剪的，一剪子下去好幾張。你要是能揭起來，就揭，揭出來就是你的。」

我試着用指甲蓋兒一揭。果然，我揭走了一張，剩下的也不太薄，還有不少層呢。

揭來揭去的，鞋面、襪底、圍兜、窗花；素色的、大紅的、套色的；各式各樣，可不少了。

「夠寫一本書。」我直樂。

「這兒有一張，是給你兒子的。」他夾出一張「牧牛圖」，那牧童一臉笑，那小牛四蹄翻飛，跑得正歡。「你兒子不是屬牛的嗎？」

可不，我的兒子八五年生，他可眞是屬牛的呢！難爲阿城記得這麼清楚。

「你的收集已經相當豐富了，想用業餘時間幹點兒別的事嗎？」我問他。

「我是個體戶，業務時間也是自由支配。」他笑笑。

我一楞：「你不是在圖書進出口公司工作嗎？」我又補充一句：「那兒可是書最多。」

「書最多，也最不讓人讀書，最不喜歡人讀書。」我們沉默了一下：「所以，我退職當了個體戶。」他說。

「稿費可不夠生活。」我說。

「我畫些畫兒，多半是廣告。」我們都笑了。經濟搞活，信息流通，廣告生意想必是相當不錯的。

「我眞想辦一個公司，大規模地收集和研究，展示民間藝術。沒有成功。沒人願意給錢，因爲大家都覺着，這東西不容易生利。」他低頭瞧着我們攤了一桌的剪紙。

「我還是收集，留下來，只想着留下來，讓後人看看。」他又說：「現在的人都坐不住，心裏像長了草的一般，哪會弄這麼細緻的東西？」

然後，他站起身來，比劃着：「小小一張剪紙，放在一個大它十幾倍的大框子裏，有另外一種效果。」

題目有點沉重了，於是我們開始翻找唱片。阿城自謙：「英文不行。」可是他毫不費力地從幾百張唱片裏選出了「魔笛」和「卡門」，樂隊、指揮、歌者都是一流的。

「誰說你英文不行？」我笑問。

「就挑挑唱片還行。」他直樂。

「不想出去看看嗎？」我問他。

「街上的歪瓜裂棗兒，怎麼看怎麼喜歡。」他這樣回答我。

他臨走，跟我們約好，我們離開北京之前最後的一個週末，去他家看苗族刺繡。

「老頭兒分了房，這舊房子就留給我們了。正搬家，亂點兒。」阿城說。

週末，我先生，我和女兒，一塊兒開車去宣武門大街。在一個小巷子裏——那小巷子有個極時髦的名字，振興巷——找到了鐘家。

老式平房，家裏確實是正搬着家呢，阿城妻子羅丹正忙裏忙外地整理東西。我們覺着給他們添了亂，非常的抱歉。誰知，走進屋，裏面早已是高朋滿座了。

有「來說事兒」的（正經有事談的），有「路過喝口水兒」的，有什麼都不爲，走進來「瞜瞜」的（看看）。

人剛坐下，電話鈴兒直響。阿城去接：「來是行哇，就是沒地兒坐啦！」

好傢伙，這簡直是騾馬大店。

羅丹笑着：「天天這樣兒！」她總是一派笑模樣。眞不易！換了別人兒，還不早就煩透了?!她不煩。她對誰都是有說有笑的。眞了不起，我打心底裏佩服了她。

「你怎麼寫東西？」我先生問阿城。

「夜裏，夜裏寫。」阿城說，還是蠻輕鬆的樣子。

不一會兒，阿城和羅丹不知從那兒抬來一口箱子。一看就知道這口箱子走過極遠的路，受過不少的罪。

箱子打開，我們不由得站了起來。

「世界上沒有一個博物館有這樣的收藏。」我先生看着放在箱蓋上的一件件刺繡，由衷地讚美。

是的，這是眞正的方寸之間的輝煌。

阿城把其中一件穿戴起來。

極硬的漆布般的材料作成直筒式的衣服。在領口，袖口，前後襟上綴滿了奇異的刺繡。不是圖，也不是文字。

「苗族沒有文字，全靠刺繡記錄曆法、傳說。」阿城告訴我們那些點、角、方、圓的含意。

那些看不見針腳的細密刺繡把我們周圍的一切喧囂遠遠拋到千里以外，我們只能聽到那古拙的傾訴，如夢如煙……

「這都是省下飯錢買來的。」羅丹閒閒一句把我們拉回不久以前的現實。

旁邊一個小伙子告訴我們：「這些東西可貴了。會繡的人越來越少；而且有的苗家女子一輩子就繡一件。」挿隊的阿城和羅丹那時候不知爲這些刺繡挨過多少餓。

「你們也捨得花錢買音響。」我先生發現了那一套昂貴的設備。

「機器還行。」阿城說。

「是世界上最好的之一。」我先生絕對是內行。

「好音樂被機器弄糟了，實在罪過。」阿城說。

「英雄所見略同。」我先生趕快用這個很少能用的句式。

大家一陣哈哈才把還呆在箱子邊看苗繡的女兒喚醒。她直眉瞪眼的樣子惹得我們又好一陣子樂。

八七年三月，阿城應邀訪美來到紐約，襯衫、長褲上面加了一件夾克。還是那個黃帆布書包，卻掏出了兩件珍品。

一件是一個袖口：上邊是人，下邊是介於鷄和鳳之間的一種象徵吉利的鳥。中間九排圖案整齊有序。有人，有獸，有各種符號。「記錄的是人與獸的關係。」阿城說。

另一件竟是一件美麗的苗族女裝。決心從事時裝設計的女兒捧着這件珍貴的禮物不知如何感謝是好。

在紐約，我們是一家藝廊的老客人。他們爲我們的許多藝術品做過精美的框子和支架：象牙和孔雀石的雕刻、漆畫、剪紙、中國水墨、西洋油畫等等，甚至漢瓦。每次都帶給他們意外的驚喜。

這次，這塊苗繡被裝進一個深紅背景的核桃木鏡框之後，老闆要求：

「我能不能把它在橱窗上放一週？」

我同意了。因爲這件藝術品原來的主人買它的目的，就是要留下來，要給人看的。

過了許久，藝廊老闆每次見到我還要問：「那幅人獸圖還在吧？」

「在。在最醒目的位置上。」

這件藝術品掛上牆之後，阿城沒再來紐約。他在西部念書，寫作，「研究明式傢俱」。最近，他寫信告訴我們，要開車去美國幾個州轉轉，我衷心祝願他旅途愉快，也希望他在這塊大地上自由馳騁的當兒，能看到他眞心喜愛的歪瓜裂棗兒們，裝滿他的故事簍子。那，我們這些喜讀阿城小說的人，有福了。

一九八八年七月十五日於曼哈頓

△一九八八年九月十九、廿日刊於《聯合報》副刊

後記

阿城是極聰明的人。也有人，叫他「壞孩子」。「聰明」也好，「壞」也罷，他的天份是人人都承認的。

離開故土，遠離自己的根，他還能寫出《樹王》和《棋王》嗎？很多人懷疑。但是，常常的，仍在《九十年代》上讀到他的筆記小說。內容還是形形色色的中國人。仍是阿城特有的味道。

去國幾年，阿城的日子由不容易到安定，終於全家團圓。很爲他和羅丹和孩子高興。

倒是八十年代，在北京爲我們聯絡的馬德升，在歐洲大大的有名之後，今年竟在美國發生車禍。不知他能不能再站起來，再在紙上揮灑。滿心的惦記。

一九九二年九月廿四日校後記

戴晴與八九一七

曼德拉被囚禁了廿八年，終於獲釋。恢復自由之後，這位政治家不需要任何的休息，或休養，或身心的調整，一分鐘也不等，又高舉起他廿八年前曾高舉過的旗幟，投身於政治漩渦，領導着他的黑人兄弟姐妹們繼續前進了。所不同的，只是他更加智慧了。

看着曼德拉神采奕奕地出現在電視屏幕上，人們都笑了。看到鬥士仍是鬥士，人們覺得欣慰。我也笑了，同時覺得一向深惡痛絕的南非政府也不是那麼面目可憎了。

人們回過頭來，看看中國大陸，卻很難再笑得出來。

在大陸度過的歲月裏，我沒坐過牢，雖然在背後捅刀子的人太希望把我送入那樣一個環境，但總有一線之隔，沒有成功。所以我沒有親身的體驗。我只是多次見過出了獄的人，也多次見過正在服刑的人，也曾經踏進勞改隊的地面兒去探望曾住同一宿舍而犯了「現行反革命」罪的女孩。我看到的是另外一番景象，他（她）們幾乎失去人形，他（她）們被徹底改變了。

一九八四年，在北京，我曾經向兩位我很喜歡的「右派」作家當面請教。我問他們：「當年被打成右派的數百萬人中有幾位今天能像你們這樣？」

兩位作家黯然。沉默良久，才說：「很少，很少。準確地說，是極少的。」

「多數人到底怎麼樣？」

「不好說。多數人熬不過這二十多年。即使熬過來了，也折斷了脊梁骨，變成了另外一個人，或者是另外一種人。」

他們斟酌着，選擇着比較貼切的字眼兒，幾經躊躇。儘管他們是知名的作家，儘管他們可以極爲輕鬆地在稿紙上馳騁。現在，他們卻失去了瀟灑。接觸到這個題目，任何豁達的作家、詩人、歌手都灑脫不起來了。

至於「秦城監獄」，那更是無人提及。我們曾希望看到這個現代巴士底獄的外觀。不可能成功。遠隔丘陵、樹木、村莊，一塊「外國人禁止通行」的牌子阻住了去路。我們只能估摸，「秦城」在那一個方向而已。

沒想到，卻是戴晴寫出了秦城一隅的實在情形。

戴晴首先是作爲小說家引起我的興趣的。她是中國大陸爲數極少的憑藉思考與研究而不只是憑藉個人閱歷寫小說的女作家。

她的「最後一個橢圓」曾引起國內外的廣泛注意與欣賞。

她本人學的是工程，也曾在「國家要害部門」工作過。她不像許多小說家「數字過百就一團糊塗」（朱曉平語），她是相當理性的，不常感情用事，至少我們所見如此。她說起話來風趣幽默但不失邏輯的嚴密。和她談話是一件很愉快的事。

戴晴也是我接觸到的背景顯赫的文藝家中最富貴族氣質而不見驕橫的。她談吐文雅、落落大方，外文基礎相當不錯，又具有相當的音樂修養，翻譯過樂理和音樂教程。她對現代哲學的各種流派更有相當研究。一句話，正如她自己所說，她是一位持自由派立場的知識分子，是一位誠實的學人。

在接觸中，我更發現戴晴是非常厚道的。作家協會有一位「女同胞」，悄悄「拿走了」戴晴交還的錄音帶，置她於難以分說的境地。當然，這種事不難查出。那位婦人「到了最後關頭」，「不得已」交出了錄音帶。這樣一件明顯帶有誣陷性質的事，大家談起來，她只閒閒一句：「那個人不過是太貪了一點。」

一九八六年，我發現，無論走到哪裏，人們總會有意無意地提到遇羅錦，提她的種種，當然還要對她的出走表示否定或者最少是惋惜的態度。惟獨戴晴總是一言不發，不說是也不說非。我很欣賞她的超然。無論怎樣，是遇羅錦個人的選擇，旁人實在沒有太多置喙的餘地。

我們都愛書，我當時又苦於找不到一個理想的「尋書」場所。戴晴指點我，馮亦代先生主辦的《讀書》雜誌有一個每月一次的小型書展。「就在朝內大街。」她說：「極棒！」一來二去，我非常地喜歡這位永遠面帶笑容的女作家了。那時候，她已經開始「寫一大堆報告文學」。我又非常地擔心。甚麼王實味啊、儲安平啊、梁漱溟啊！沒有一位不是敏感人物。不錯，戴晴是有着比別人更爲「過硬」的背景，可是中國大陸的政治風雲說變就變，多麼險惡！不由人不替她揪着心。

她很輕鬆。她這麼告訴我：「你知道，很多事情的發生並不遵循某些『革命導師』的預言和理論，很多事只是人性的反映，從邏輯上來看，有些混亂，卻在情理之中。」她拐了很多彎，說得很含蓄。我一下子就聽懂了，她非觸犯天條不可！

果不其然，一九八七、一九八八年，戴晴的如椽大筆揭開了歷史的眞面目。她的〈王實味和野百合花〉、〈梁漱溟和毛澤東〉，還有她的一批「中國女性系列」。她筆下的「女重婚犯」、「女政治犯」、「幼年卽遭強暴」、「勞教釋放的女子」等等等等，無一不是霹靂。如閃電撕開暗夜，揭開了「偉大領袖」狹隘的心胸、陰暗的心理、陰毒的手段，同時也展示了中共上層對一代又一代知識分子的迫害、凌辱和毀滅，以及整個國家機器對人性的歪曲、人的正常生活的踐踏。

戴晴在她的報告文學裏對被侮辱與被損害的各階層人士表達了她的崇敬和熱愛。字裏行間，我們可以觸摸到的是作家蓬勃的激情和良知。

「八九」民運驟起，我們注意着整個事件的每一步發展，也密切注意着戴晴的動向。有消息說，她發起簽名運動聲援學生，有消息說她奔走於改革派和學生之間，尋求「對話」的可能性，也有消息說，在「最後一刻」到來之前，她不斷想辦法勸說學生撤出廣場以避免遭受慘重的傷亡。

「六・四」槍響。人民的最後一點希望幻滅。形勢直轉而下大批民運中堅分子被殺、被捕、被迫流亡。

戴晴宣布退黨。她沒有走，在家研究蘇曼殊。她是在家裏被捕的。因「涉嫌動亂」而「收容審查」。關進秦城，成爲8917號長達半年之久。她的家遭到搜查，一種「一片有價值的紙片都沒有漏過」的搜查。

正如戴晴說的，在中國大陸，人的命運絕對是揑在某些人的手心裏的。陳希同向人大常委提交的報告中點了她的名。從「十二名作家學者」中挑出了九個。把戴晴簽名時的排名第一移到第五、六位。一切都說明「有人精確地爲他們排了隊，安排了命運」。

這些安排和「法」是毫無關係的。

一九八九年底，一位老朋友來華盛頓。他在大陸文化圈工作多年，可說是「知情人」。

我問他：「戴晴到底爲甚麼入獄？」

「還不是爲了〈王實味和野百合花〉？戴晴揭出了楊尙昆們迫害知識分子的老底兒，他們早就不容她了。」

所以「涉嫌動亂」只是表面上的說詞，骨子裏卻是痛恨戴晴的誠實。戴晴變成8917號是出於「形勢的需要」。當然還有那些緊跟形勢、在她背後捅刀子的隱形人們在推波助瀾，一心想把8917號釘死在秦城。

於是，8917號得坐牢，儘管戴晴沒有做過一件違法的事。8917號得忍受前途未卜的煎熬，雖然戴晴是「黨的孩子」。8917號得準備以死抗爭，雖然戴晴一再試圖以那只有模糊界定、軟弱不堪的「法」來保護自己。

細想想，也眞是不能了解。這個「黨」實在是個怪物。它的「同路人」在最近六十年中，不是被趕盡殺絕就是變成一隻隻花瓶，用來粧點門面。它的「自己人」更是在激烈的權力爭奪中，一批批地倒下去，一批批地被消滅掉。現在，輪到了「它」的孩子。最少，因她的「忤逆」，得讓她嘗嘗鐵窗風味。儘管她從來不想「推翻」什麼。

誰想「推翻」什麼了?!如果五月份，相當數量的人已經有了這個念頭，中國大陸可能會走在東歐的前頭。

但是，人們沒有這個念頭。當時沒有。有也是模糊的。

今天，相信有這個念頭的人多起來了，有許多人更把這個念頭作爲奮鬥的目標。這，是「六・四」屠城直接產生的後果。書生們無論怎樣搖動筆桿都無法奏此奇功！

戴晴的運氣畢竟是不錯的，8917號所受到的多半是精神上的折磨。同樣未以「推翻」爲己任的王丹和劉曉波遭遇了什麼，誰也說不清楚。他們能熬出來嗎?他們的身體和意志能經受這不知何日是盡頭的煎熬嗎?

什麼都不清楚。

西方的無冕皇帝可以把犯了罪的美國總統趕出白宮，卻無法探知以身體阻止坦克前進的青年的下落。

從戴晴的長文裏我們看到的是一位無辜的妻子、母親被迫和親人分離的哀痛，是8917號忍受的絕對的孤獨。她不但見不到難友的面，連另外一個人的後腦勺都不得見。文章中還有

8917號新交的小友，蟋蟀、鳥兒飛過時留下的羽毛，她做了一座羽塚。

還有什麼？除了人命如草菅的無力感之外還有什麼？

我們很想知道。

戴晴說共產黨毛病多多，但「它在進步」。她舉出袁木所說的「中央不再到北戴河開會，不再進口高級轎車」的保證爲例，說明中共有着怎樣「難得」而且「可貴」的進步。並且希望如果學生和市民們能看到這些「進步」，也許可以避免那場慘劇的發生。

然而，她也說，她不肯出走是因爲覺得這一走「可能意味着一輩子回不來了」。

爲什麼？爲什麼一個「正在進步」的黨迫得成千上萬的民衆紛紛出走，而且一走就可能永遠回不來了?!

曾經出走的傅聰不是回去過了嗎？

曾經出走的馬思聰不是多次「邀他」回國嗎？爲什麼沒有想「推翻」只是向政府陳情要求改革的青年們、學人們，反對以屠殺對付學生的市民們，一旦出走就「回不來了」呢？那種「不去北戴河開會」——當然可以去青島或廬山；那種「不進口高級轎車」——當然還可以保證其他的特權；所展示的「進步」是不是太不具說服力了呢?!

「六・四」一週年，中共當局向全世界展示的又是怎樣的「進步」呢？被釋放的侯德健又遭逮捕而後以強迫偷渡方式遣回臺灣。高新和周舵也不知將來如何。西方記者在北大門外，在所有「敏感」地方遭到圍毆，中國大陸文化學術界在又一次整肅中一片死寂……

這是怎樣的進步？不錯，他們是釋放了一些人，但是如果沒有國內外同聲譴責的巨大壓力，沒有東歐巨變的鐵一般的事實，沒有國內百姓沉默的不合作，沒有經濟全面崩潰的威脅。恐怕連這一點進步也是不會有的，更談不上穩穩的積累了。

戴晴是一位善於周密思考的作家。在她的長文中出現的矛盾，正表示出一種深刻的不信任。不僅是她，許許多多人都有這種發自內心的不信任。

終於，因「需要逮捕而證據不足」，於是「改羈押為監視居住」。8917消失了，戴晴經過七個月的噩夢，獲釋了。

她要申請加入西堂唱詩班，她要和親人團聚，回到以往的和諧、寧靜。

我們希望她如願，希望8917的噩夢永不再現。

我們更希望中共的進步由量變而質變。流亡的人們能在可見的將來回歸故土，和親人團聚，回到本應屬於他們的和諧與寧靜。

一九九〇年六月八日寫於華盛頓

△一九九〇年七月十四日《聯合報》副刊

△一九九〇年七月廿八日、廿九日《世界日報》副刊

她要回家

救國救民?!

三月下旬的一個週末，戴晴來華盛頓開會。大會的歡迎酒會訂在週日晚上。想她白天無事，我們全家又早就準備去看一個民間藝術展覽，於是給她掛了個電話，邀她同行。

一聽展覽內容，戴晴馬上決定取消和友人的午餐，跟我們跑博物館。

「那可不成！不要餓壞了！」我在這邊兒叫。

「那，給我帶一個蘋菓吧，」想了一會兒：「一個香蕉，好嗎？」

還有什麼不好。

踏進旅館房間，戴晴還是老樣子，經過了那麼多事，也坐了牢，除了頭髮剪短了以外，和六年前差不太多，還是笑瞇瞇的。

來不及寒暄，她直撲蘋菓，張口就咬，看樣子眞餓了。

「別急，我帶了雙份兒，兩個蘋菓，兩隻香蕉。」我直安慰她。

她一邊大嚼，一邊把手伸進大衣袖子，準備跟我走了。

走廊裏燈光明亮，她的袖子上什麼東西亮晃晃的，我伸手一摸，竟是一根針！

「天哪！你在幹什麼？」我想幫她拽下來，線還挺結實，拉都拉不斷。

「正縫扣子，忽然想起一個好主意，馬上去寫，一轉身，忘了這個扣子……」她一邊含糊不清地向我解釋，一邊兒一口咬斷了那根線，把那隻針別到了什麼地方。

我這才想起，關上門的那個房間裏，床上桌上，不是書，就是紙，亂得眞可以。

「你在趕稿嗎？」我順便問一句。

「哈！香港、臺灣的老編催起稿來，眞是驚人！簡直是轟炸！」她邊走邊說，「我手慢不說，沒考慮清楚的，註腳下得不足的，又不敢寫，不是更慢了。」

我直樂：「瞧你這個樣子，不像救國救民的嘛！」

「我？救國救民?!」她笑得直喘：「說到這個題目，我有好故事告訴你。」

她談到了她成了《漢聲》雜誌主編的始末。

原來，她剛從牢裏放出來，成了無業遊民的當兒。《漢聲》的朋友們連一天也沒等，就邀她參加。

在中國大陸，那怕是「無業」，進入一個臺灣的「文化單位」工作，恐怕不那麼容易呢！

正巧一個聚會上，來了位「對臺辦」的負責人。《漢聲》的朋友就向這位負責人大談《漢聲》在民俗研究方面的進展，並表示希望一位大陸文化人「介入」，並「參加」他們的工作。這位負責人一再點頭稱好。於是《漢聲》的朋友點名要戴晴加盟。

「沒有什麼不可以啊！」這位負責人用了「否定之否定」的說法。

《漢聲》的朋友喜出望外，連聲道謝。

沒想到那負責人很鄭重地說：「我該謝你啊！」

朋友莫名其妙，連戴晴自己也一頭霧水。

那負責人說：「戴晴參加你們的民俗研究，她就不必去救國救民啦！」

原來如此！我們笑得差點背過氣去。

「這麼一來，我就正式成了《漢聲》主編。有朝一日該去辦公室述職呢！」

戴晴狠狠咬了一口蘋菓。

只想發出一點不同的聲音

博物館是私人的，規模不大，展出的只有美國，印度和巴基斯坦三個國家的民間工藝品。

「沒有圖片，也沒有詳細的說明？」戴晴很驚訝。

「那些該是常識的，就不必重複了。」我向她解釋。

她的感覺是觀衆素質使然。

由人羣的素質談起，我們自然而然回到了那個敏感的「春夏之交」的老題目。

「你眞的是『新權威主義』者？」我不經意的問。

她說：「我沒有更好的選擇。」

眞的，不流血就不能改變中國的現實嗎？中國人，中國青年的血流得還不夠嗎？

「流血的是誰？是老百姓，是名不見經傳的青年學生！」

如果有一種主義可以使中國人不受任何荼毒而獲得自由、民主、繁榮、富足等等所有的好東西。她說，她絕對會是這種主義的忠實推行者。

我總覺奇怪，人們對有點名氣的人，總想給貼上個標籤，不如此，似乎未盡到責任。

「充其量，我只能算個自由主義者，常常想發出一點兒不同的聲音。」戴晴如是說。

我想到了她筆下的王實味、梁漱溟、女政治犯王容芬，再加上她自己，都是些發出過不同的聲音的人。

「比方說，反對三峽工程上馬。」我說。

「那反對的聲音可大啦！不是一點兒。」她興奮起來。「有良知的人還不是少數！」

我得用功兩天……

週四，大會結束，距離赴紐約的三場講演，還有實足六十個鐘頭，我邀戴晴來我家。

市內停車不易，她說她會乘地鐵到維也納鎮。

「你別丟了?!」我十個不放心。

「丟不了，我已經坐過華盛頓的地鐵啦！」她挺瀟灑。

「那行李怎麼辦？」我還是不太踏實。

「揹着！兩個小包而已。」

果不其然，她神定氣閒地出現在地鐵站。一進門兒，她就說出了這兩天的打算：「要是你不嫌討厭的話，我眞想在你這兒用功兩天。」

「不看博物館，不去聽音樂，看戲，採購點兒什麼？」我使勁兒「誘惑」她，她一臉淒苦：「不成，我欠的稿債，不還不成啦！」

每人寫作習慣不同。有人喜歡寬敞明亮，有人非得鑽進一間小黑屋才寫得出來。「我哪兒都成，有個小板兒就能寫。」她一邊兒說，一邊兒跟我下樓，去她的住處。「你瞧！這麼有名的書，我竟還沒看過。」她站在書架前，手裏一本《浮生六記》。待我幫她把東西放好。她手裏的書已經拿不下了，正往桌子上放呢！「你的屋裏，從地板到天花板，多半是書，而且不包括『鷄肋』之流。」我閒閒一句，惹得她直奔她的臥室，然後，就無聲無息了。

反正，讀書也是「用功」的一部分。我心安理得。

夜深了，我家的兩位男士都已經進入夢鄉，我開始在稿紙上塗抹之前，又下樓去看看。好嘛！床上，地毯上，桌子上，兒子的玩具盒子上，凡是平的地方到處是打開的書。跟她在旅館的房間完全一樣。

「嘿！你來得正好，聽聽這段兒怎麼樣？」

戴晴從紙堆兒裏抬起頭來，眉飛色舞地唸了一段兒她剛寫就的雜文。

這一下兒可完了，我在書堆裏找個地方坐了下來。

等我們清醒過來，時針指向凌晨三點。

半夜裏，下起了雨。我先生七點半出門上班，他走時，樓下靜悄悄的。兒子八點半出門上學，走前要下樓跟「戴阿姨」說「再見」。我答應了他，又擔心，那時候，如果她還在夢中就慘了。

那想到，她坐在地毯上，抱着一張小櫈子，一邊兒透過玻璃門「看雨」，一邊兒正在寫稿呢，毫無倦態！

好樣兒的！又是一個不睡覺的傢伙。我在心裏叫了一聲好！

兒子早就撲過去，嘰嘰喳喳叫成一團了。

好不容易，送孩子上了校車。回過頭來，她正寫得起勁。

「你也是每天四、五個鐘頭的覺就夠了嗎？」我遞給她一杯茶，笑問。

「夠啦！」她也樂，「白揀回來一條命，不加油使，多冤！」

「走，先去吃早飯，回來再玩兒命不遲！」我拉了她就走。

忽然之間，在樓梯上，我停住了腳步：「你在一篇文章裏說，為了不變成一個老厭物，六十歲一定得自殺。有這話沒有？」

「有。」她點點頭。

「誰給你這個權利，自己一了百了，不管想念你的人受什麼煎熬?!」我的樣子大概非常「兇惡」，又是「居高臨下」地望着她。

她無言，眼圈紅紅的。努力笑出來，用力點點頭。

我這才放她進厨房，去吃她那一份早餐。

真想作點針線活……

這天晚上，又只剩我們倆的時候，戴晴說要給自己「放假」兩個鐘頭。

我拿了針線活，和她對面坐下來，準備聊個痛快。

「這是什麼?」她瞧着我攤在桌上的一疊白布方塊兒和十多個用各色布塊剪成的心形。

「學校老師請每個孩子從家裏帶一小塊花布。剪成心形，縫在白布上，拼接起來，作成百納被，每年做一條，已經成了傳統了……」我一邊兒說，一邊用別針把一塊小花布別在白布上，動手縫起來。

「這位老師眞偉大……一顆顆小心，繡上孩子們的名字，多好的紀念……」她非常專注地瞧着我飛針走線。

「你也夠棒的，寫作，管家，還參加社會公益活動。」她瞧着我。

「我作這點事，才不值一提呢，」我手裏不停，跟她講起剛從北卡帶回來的新鮮印象。

「簡宛才眞是了不起。你猜此時此刻，她在作什麼？」

「寫散文？」戴晴一樂。

「她呀，正在培訓臺灣來的幼兒教育工作者。不僅出錢，出力，貼上無數時間，而且沒有標語、口號，沒有教條；更不聲張，平平實實作一件件她覺得該作的事。你覺得怎樣？」我反問她。

「眞棒！」她由衷地說。

窗外，春雨淅淅瀝瀝的。屋裏靜悄悄，暖融融。

「除了你那些自訂的採訪計畫以外，你將來還想作點兒什麼？」我問她。

「不是覺得累，而是想要有點其他的美的東西……我眞想能靜靜的作點針線活……民間工藝，我不是只想介紹和欣賞，眞想一針一線地作點什麼……」她幽幽的說，和她大談雜文的時候簡直變成了另外一個人。我很高興。壓力也好，責任感也罷，都掩不住她的眞性情。

「不寫小說了？我總覺得你是小說家，你的早期的〈橢圓〉，近期的〈潮信〉，多好啊！小說家成了雜文家，我總覺得可惜。」我很小心的說，不要傷了她。

「其實，我們背景完全不同，咱們之間，除了文學，沒有別的。你的意思，我當然懂。」她還是那麼一針見血。

我放下了心。她不會離文學太遠的。

戴晴輕輕用手撫平一塊塊已經完工的布塊，「……能靜靜地作針線……眞好……」夜很深很深了，雨還沒停，靜夜中，淅淅瀝瀝的，燈光下的戴晴，溫柔，沉靜。

我沒有家呀！

六十個鐘頭，一下子就不見了。

我問戴晴，「你住在公寓裏，總有許多需用的東西，帶點走好不好？」

「我沒有家呀！」她站在地當中，孤孤單單的樣子一下子讓我從夢中回到了現實。萬里之外的丈夫和女兒！

我無言。

「給孩子帶件小禮物，好不好？」我掙扎出一句話。

她搖搖頭。紐約之行後，回哈佛。五月下旬，經布拉格，才能回家。她帶不了什麼。

又到了敏感的春夏之交的日子，她在這個日子，又要回家了。

「平平安安的回家，代我們問候你的先生和女兒。」我先生說。

「平平安安地回來，完成在哈佛的研究。」我說，順手把三粒扣子塞在她大衣口袋裏。

「飛機上半個鐘頭，夠縫三個扣子。」她努力笑出來。

「別忘了把針拽下來。」我還在囑咐她。

「我給你一個大 Kiss!」兒子撲上去。

飛機昇空了。

平平安安的去，平平安安地回來！我在心裏叫着。淚水奪眶而出。

一九九二年五月十一日

△刊於一九九二年五月廿四日《聯合報》副刊

△一九九二年五月卅日、卅一日美國《世界日報》副刊

後記

戴晴在我家的時候，我幾乎磨破了嘴皮子，一再地跟她說：現在回家，不是時候。她不聽。她說，大陸有變化，現在不會怎麼樣了。

「我不犯法呀！」她叫。

我直搖頭。怎麼搞的？她怎麼這麼不明白？

果不其然，她滯留香港一週，曾被拒入境。一時間，又成了新聞。最可笑的是：她在布拉格剛剛領到一隻「自由之筆」的獎，而被她的祖國拒絕入境。大陸當局再一次向世界昭示其愚蠢。

之後，我們離開美國來到臺灣。她說過的，「我去高雄看你，你帶我去看民俗藝術。」一晃，十月了。哈佛也早就開課了。她現在在哪兒呢？音訊皆無，讓人好生惦記。

一九九二年九月卅日校後記於高雄

記劉賓雁

時逢五四，大陸北京的學生示威規模越來越大，令人驚喜得血脈僨張，我不禁憶起了去年四月底劉賓雁的一場演講，也談到了知識分子的境遇及未來。那次多謝哥倫比亞大學夏志清教授在百忙中及時通知了我，我趕到哥大Pupin樓時，劉賓雁已經開始講他「題外的話」了。

他向幾百位中外聽衆談及一九五七年他被打成右派的前前後後。我到的時候，他正講到毛「引蛇出洞」時，他自己一無所知的情況。

「有些人，不是一無所知的。」他敦厚的臉上露出了笑容：「有的人早就知道了，姚文元早就知道了。周而復也早就知道了。座談會上，他們板着面孔，一言不發。」聽衆都笑了。

他繼續告訴我們，當時他實在迂得可以，絕沒想到因爲他的幾篇特寫，就會被打入另冊。

「我五月廿五日還寫信給毛，告訴他中國共產黨內確有特權階層。我還特別請他不要受柯慶施等人的影響。」

六月八日，「反右」的序幕揭開，《人民日報》發表社論：「工人階級說話了」矛頭直指那些向中共提意見的知名民主人士。在社論中有這樣一句話：「今後我們還要繼續整風，還要聽取善意的批評。」於是，身爲黨支部書記的劉賓雁看了這句話，信以爲眞，放下了心，繼續鼓勵人們「鳴放」。

七月八日，宣布劉賓雁爲「右派」。

之後，是廿二年的右派生涯，其中有十三年從事純粹的體力勞動。

在這些年裏，他心裏始終有一個疑問。「難道文學、藝術進入社會主義就不再擔任批評的角色，只能歌功頌德了嗎？」這個問題始終苦惱着他。特別是他到了最底層，眼見社會現實和報上的宣傳大相逕庭的時候，心裏更是疑慮重重。

然而，他告訴我們，他一直抱着一個信念，他相信共產黨是會改正錯誤的。即使在六〇年到六二年的大饑荒歲月，他仍作如是想。只是，他不願作「黨的馴服工具」，所以仍處在矛盾中而已。

人們總該記得，魏京生就是在六十年代初期的大饑荒中，看到餓殍遍野的時候，萌發對共產黨的懷疑，走上爲民主而戰的道路的。我想，這是他們之間最大的不同點吧。

劉賓雁說，一九七九年，他「摘了帽子」，恢復了工作，他看到「黨在改正錯誤」。他是滿意的。

他用充滿感情的句子結束他這部分「題外的話」：「中國人是很容易滿足的，是很容易管理的。這樣的人要是還被逼得造反的話，實在是……」

他的話被淹沒在聽衆熱烈的掌聲裏。

聽著他講第二部分「題外的話」——他一九七九年到一九八七年的經歷。我不禁想起第一次見他的情形。

那是八五年春，美國作家代表團訪問北京的時候，美國大使館舉行招待會，應邀出席的有參加美中作家交流活動的許多著名文化界人士，劉賓雁當然在被邀請之列。

在那樣一個場合裏，劉賓雁彬彬有禮，很少說話。他到得不早不晚，走得不早不晚，言談舉止極爲得體。

如今，在紐約，站在哥大講壇上，他談笑風生，妙語連珠，常常按捺不住地流露出他的眞性情。

他告訴我們：七九年以後，朋友們再三再四地警告他，萬事小心。但是，他還是寫了幾篇文章。他覺得，廿多年來，要死，早死過不知多少次了，命是撿來的，還在乎什麼呢？而且，廿多年的賤民生活使他與世隔絕，猛一下回到社會中，發現官場竟腐敗到令人無法忍受的地步。他一定得寫，所以他寫了。

然而，不出朋友們所料，自七九年起，他每篇文章都引起無數痲煩，和許許多多省委打起了官司。

「實際上，」他非常委屈地說：「我比李敖客氣得多，我從沒罵過一個市委一級的幹部。可是我的痲煩比李敖多得多。」他一臉的無可奈何。

是的，劉賓雁的生存環境怎麼能和李敖比呢?!

百折不撓的劉賓雁是幽默的：「毛說：『與人奮鬥，其樂無窮』。我在揭露那些黑暗現象的時候，有無限樂趣。看那些被揭露的人張皇失措，到處告狀訴苦，心裏還是很痛快的。」

他面露微笑，這微笑坦坦蕩蕩，讓人心折。

劉賓雁的許多友人勸他寫小說。「寫小說確實安全得多」，但是，他要寫「鐵打的事實」，當他看到他的報告文學使整個城市震動了，使每份八分錢的《人民日報》賣到了二元五，心裏「着實痛快」。

看他笑得那麼開心，我也覺得非常安慰，雖然短短三年，他的一頭烏髮變了灰白。

他認爲他已經用最好的方式幫助了共產黨。今天，他說了許多，他知道，「北京會有人很不高興，但是最終，他們會明白過來的。」

這完全是劉賓雁的一廂情願。有許多人是永遠不會明白過來的，他們永遠不懂劉賓雁的忠誠，永遠會將他視爲眼中釘、肉中刺。因爲他們需要的只是俯首貼耳，任其宰割的順民。最後，他說到他的又一次被開除黨籍，是「意料中的」，「一九八三年就知道，自己不會有好結果。」

但「壞事」也會引發相反的效果。劉賓雁不寫東西了，或是寫了沒地方發表，人們看不到他的文章了，有人說他膽小怕事不敢寫了，有人則說他被「招安」了。但是，他被開除的「決定」一公佈，人們就明白了：「劉賓雁遭難了，原因是他說共產黨腐化。」

「而人們因爲我說了這句話，就相信了。」

全場大笑。這是劉賓雁式的幽默。

我卻在笑聲中沉默着。百姓們得從「決定」的字裏行間去揣摩事實的眞僞，這是怎樣一種不正常的社會生活，又顯示出一種怎樣不正常的心態。

由此，劉賓雁的講話進入正題「知識分子和中國社會」。他沉重地提出了他的看法。「中國知識分子卅年來走的是一條極其艱難的路，卽使只是爲了個人的事業。」

他舉了幾個例子：

「沈從文是聰明人，知道寫不下去，就不寫了，改行硏究古代服飾。」

「老舍出於愛國熱情，寫得最多。可是除了〈龍鬚溝〉、〈茶館〉以外，都沒有什麼藝術價値。」

「一九五一年以後，巴金、茅盾都只寫寫散文、隨筆，甚至寫點指導文章幫助中學生提高寫作水平什麼的。」

「鄧晗、吳晗、廖沬沙只是極溫和地、極隱晦地提出了一點批評意見，不能見容於毛，結果吃了無數苦頭，鄧拓死得尤其慘。其實他有什麼罪過呢？他只是想把報紙變成一張眞正的報紙。」

劉賓雁也提到郭沬若，按他的看法：「郭沬若和老舍不同，他的下場也好得多。」引起全場哄笑。

劉賓雁認爲，在中國大陸知識分子當中，處境最困難的是新聞工作者。作家們，比較容易了，除了「在政治上要推翻共產黨」不能寫，「在兩性關係方面有《金瓶梅》式的描寫不能接受」以外，「什麼都可以寫」了，而「新聞自由卻不是在擴大而是在縮小」。

他只說了事實，沒有說原因，更沒有解釋，爲什麼作家們享有相當的自由了，而一九八七年的大陸文壇卻是一座荒原，沒有什麼引人入勝的作品出現。

在大陸知識分子飽受折磨方面，最使劉賓雁痛心的，莫過於「四人幫」倒臺以後，一九七七年，在華國鋒治下，被槍斃的五十多位「政治思想犯」。批准槍斃決定的人現在還活得挺高興，而死者卻是逃過十年浩刼，終究倒在槍口下的中國知識界精英。他們唯一的罪過是公然對毛不敬。其中一位王姓青年，一位物理學研究人才則是從理論上全面地否定和批判了毛的思想路線，上海市公安局保留了他幾十本「極爲精采」的筆記，然而他本人卻早已倒在血泊中。

劉賓雁大聲疾呼：中國知識分子應對自己的力量有所估計，應該去爭取更多的自由。如果不去爭取，無異於放棄可能到手的自由。

「一九八一年批白樺，只有極少數人表示反對。」

「一九八三年批異化，有不少人沉默，也有不少人裝傻，或是眞『傻』，表示不懂『異化』爲何物，於是各單位請哲學家來講異化。大家說：『聽起來，滿有道理。』人們在策略地進行抵制。」

「一九八七年『反自由化』，許多人公然要求質詢，公然表示抗議，公然對遭難者表示同情。許多人已經不滿足於保持沉默。」

由此，劉賓雁得出結論：「展望將來，中國知識分子將更爲敢言，因爲社會在變化。民心所向不容忽視，中國人不再追隨某人、某領導，而是是與非。」

社會在變化，在前進，這是聽得多麼久了的一句話。然而，我們希望見到的是劉賓雁所追求的「鐵打的事實」，而不是那忽緊忽鬆的政策，不是新瓶裝陳酒的假繁榮。更何況不但在骨子裏，而且在口頭上，還在繼續「四個堅持」呢！

不知劉賓雁是否會有同感？

講演行將結束，不少與會者提出了問題。其中有些問題相當尖銳。一般來講，劉賓雁才思敏捷，應對自然。

有人問：「你一直抱有『共產黨能改正錯誤』的信念，那麼沒有這種信念的人呢？他們在社會上能起什麼作用？」

答曰：「悲觀情緒普遍存在，相當多的人沒有這種信念，但他們仍然在社會上起作用。」

起什麼樣的作用，他沒說。

有人問劉賓雁：臺灣海峽兩岸知識分子的異同。

他說，他對臺灣了解甚少，因爲「自己的事情太多」。他認爲自身的差異不大，差異在客觀。

客觀差異幾有天壤之別，這一點我倒是同意的。

更有人直指劉的是非說，強調言論自由先於是非才是正途。劉同意這是公民的起碼權利。

提問的是一位學生，看到民主思想這樣深入人心，我覺得非常鼓舞。

有人提出魏京生的問題。指出「魏京生一日不出獄，共產黨一日不能取信於民。」

劉賓雁的回答驚人地坦率。他說，「在中國大陸，多數人不知魏京生何許人也。」而且「也有很多人不認爲這是一個問題。」劉賓雁還說，他讀了胡秋原先生辦的一本雜誌，內有一份中國大陸政治犯名單，他本人只知道魏京生一人，別的人都不知道，沒聽說過。

有人插話：「出口轉內銷。」

聽到這裏，深感悲哀。大陸民主鬥士的漫漫征程何其遙遠！爲民請命者如劉賓雁，對他們的情形都不甚了了，更何況其他的大陸人！難道也得等他們把血流盡，才能感到「痛心」

嗎?!

劉賓雁一再向我們指出中國大陸在變化，情況在好起來，他個人的情況也在好起來。於是有人問：「你一再幫助中國共產黨，而這個黨一再地開除你，難道你想再一次投入『偉大、光榮、正確』的中國共產黨的懷抱嗎?!」

答曰：「等等看。」

是的，我們都在「等等看」。

中國大陸安定、繁榮，人民幸福是大家的願望。但是如果政治上不能以民主、法治代替階級鬥爭的風風雨雨，這個「等等看」的階段將悠悠無限期。

△刊於一九八九年五月十日《聯合報》副刊

後記

何其諷刺的？劉賓雁「情況正在好起來」話聲未落，六月初，中國的青年知識分子，北京的老百姓面對坦克、機槍與棍棒，爲自由，爲民主，以血肉之軀展開的抗爭，在血腥鎮壓下，變成一粒粒種籽，深植於地下。

三年過去了。在這三年中，劉賓雁曾作過幾次預言，預告暴政的坍塌。然而，直到今日，劊子手依然逍遙法外，民主鬥士們也仍遭受着各種型式的荼毒。

不過，共產主義這個幽靈在世界上肆虐百年之後，實在已經走到窮途末路了，席捲整個世界的民主大潮一定會把最後一個暴政營壘吞沒的。在潮聲中，堡壘內部的坍塌更應該是可以預見的。而劉賓雁的改革論也會從「體制外」，走向「體制內」了吧？

一九九二年九月廿四日校後記

新的起點

——喜讀徐剛近作

「夜深沉，彷彿要至永遠，火光卻越加鮮艷，燦爛若心靈血色。我從火光裏鑽出來，活着不再是驕傲……惶惶然，我逃走了！我只是沒有投降，但，我不是英雄。」（見「夜行筆記」）

這是大陸著名詩人，作家徐剛不久前寫於巴黎落葉山莊的一段文字。

現年四十四歲，當過十年《人民日報》記者，曾任《中國作家》雜誌編輯部主任，一九八七年赴廣州擔任《現代人》報副總編的徐剛，自今年夏天起開始了他在海外的流亡生活。

徐剛曾經怎樣熱情洋溢地歌頌過發生在中國大陸的改革浪潮啊！

在福建省出版的雙月刊《中篇小說選刊》一九八八年第六期開闢的「企業家風雲志專欄」裏，徐剛以他詩人的激情，報告文學家一絲不苟的求實精神寫下了〈燒鹼與蘇乃熹〉，刻畫了福州化工二廠廠長蘇乃熹的現代企業家風貌。

他以整整四章的篇幅，〈大潮〉㈠—㈣，爲改革之潮縱情歡呼。

「一股潮流。」

「在中國歷經幾千年，幾十年的封閉之後，改革的大潮不可抑制地洶湧了！」

「假如億萬心靈的大門打開了，別的門，無論是鐵門木門加雙重保險的大門，又怎麼能封閉得住。」（見《中篇小說選刊》一九八八年第六期第一六六頁）

「瘦瘦的技術員」蘇乃熹就是在這種形勢下，站了出來，以技術改造爲前導，將瀕臨破產的化工二廠拖出泥淖的。

在徐剛筆下，蘇乃熹不是許多大陸文學作品中那些不食人間煙火的孤膽英雄。他只是一位技術人員，一位尊重科學的普通知識分子；在中國大陸現存的「人治」羅網中，一步一步艱難跋涉的實幹家。

徐剛又用三章：〈人生〉㈠—㈢的篇幅描述這位現代企業家在權重於法、權重於一切的生存環境中所遇到的各種干擾、挫折、磨難、機遇和誘惑。寫出了「蘇乃熹們」的百折不撓和無與倫比的堅毅。

然而，徐剛畢竟是一位對國際大氣候和國內小氣候極爲敏銳的作家。他也寫了一章〈問題〉，更寫了一章〈明天，但願不是夢〉。

對於充分認識到知識的力量，並且眞正想做一點事的中國知識分子來說，他們所期待的，所爲之奮鬥的「明天」是什麼呢？

「今天，他站在這樣的位置上——改變舊體制，萌育新體制。而明天，他希望——建設新體制，推動新潮流。」（見同期《中篇小說選刊》一七四頁）

對中國大陸的現代企業家而言，那不是空話。那是和市場經濟、股份制、租賃制等等一系列具有勃勃生機的眞正資本主義的經濟形態緊密相連的極具膽識的設想和實踐。

一九八八年冬，大陸讀者讀到這一章時，大概很有些懵懵懂懂。

徐剛說，企業家的明天，預示着資產聯繫將是個人與企業關係中最緊密的聯繫……，優化組合將成爲自覺和自然……

這些論點在一九八八年底，似乎已經不再觸犯天條。

徐剛卻這樣結束這一章：

「啊，眞的，但願這是眞的明天。」

「但願不是夢。」

「卽便是夢，又如此逼眞，雖然消逝過，又爲什麼不能寄希望於後天呢？」（見同期《中篇小說選刊》一七四頁）

也許，徐剛是杞人憂天吧？大陸讀者作如是問。

時間，僅僅過去半年。

惡夢成眞。

今天，人們再讀這段文字，已是另一番滋味。

中共當局這半年來的倒行逆施不僅使十年改革付諸東流，不僅使大量中國大陸知識界精英喪生，陷入囹圄，流亡海外。更嚴重的是，他們使中國大陸剛剛得到一點喘息的經濟情勢趨向崩潰，使剛剛得到一點溫飽的逾十一億大陸百姓重新去過一窮二白的苦日子。

徐剛在一九八八年的憂慮不幸而言中。

雖然危機四伏，雖然空氣中滿含着隱憂，徐剛和所有身在大陸的正直作家一樣，依然在那希望之河的沙灘上建造過大廈，依然以他們手中的筆爲改革之潮推波助瀾。

然而，今天，「希望之河已變成暗紅色鐵銹色，流走的是天眞和幻想，不再流動的是沉重。」

「新的文明將要升起在這一個河谷。」

「但是我們千萬不能忘記。」

「不要讓別人的屍骨高大了我們自己，這個世界上所缺的不是明星而是眞的鬥士。」

「健忘的心靈是一個輕飄飄的氣球。」

「健忘籠罩的國土，人們耕耘的是一片沒有歷史的土壤便有了收穫不盡的苦難。」

「我知道，假如我不忘記我便是一條河……」（見「夜行筆記」）

今天，徐剛本人在巴黎，親眼看到他一往情深的民主改革大潮衝垮了柏林牆，洶湧着，澎湃着，席捲了幾乎整個東歐，曾經在廿世紀中不可一世的共產集團正在土崩瓦解。

短短一年，中國大陸迅速沉入黑暗，曙光卻出現在曾是死氣沉沉的東歐。

在這種時候，徐剛仍以大無畏的精神直面人生。他告訴海內外讀者：

「我是作家，要做一個眞正的自由撰稿人。我知道這個自由撰稿人是不好做的。如果沒有心靈的自由，什麼自由都談不上，我以良心的全部擁抱正義，我無愧無悔。」

徐剛作爲詩人、作家和鬥士，已經站在一條新的起跑線上。

在結束〈燒碱與蘇乃熹〉一文時，徐剛曾握着蘇乃熹的手，向他告別，並在心裏說：

「祝你們成功……」

今天，所有以良心擁抱自由和正義的人們會滿懷信心地對徐剛說：

「我們一定成功！」

△一九八九年十二月廿八日刊於《聯合報》副刊

後記

因爲《中國作家》雜誌老主編張鳳珠大姐的介紹，我注意了徐剛的作品。與他本人，卻只有一面之緣。「六・四」以後，他逃了出來，住在法國。我見到他的時候，他才從臺灣訪問回來，應美國方面之邀，有了華盛頓之行。

「我簡直不能相信，《聯合報》的撰稿人當中還有對中國大陸知道得這麼深的人。」他搖着一頭半長的頭髮（自「六・四」起未曾剪過），滿臉訝異地對我說。他所謂的「深」，源於我寫的這篇短文〈新的起點〉。

聽完了我一九七八年返回美國的故事，他嘆息：「和你比起來，我們還是容易的。多少人幫助我們！你那時候，卻是孤軍奮戰呢。」

他更驚訝的，是我回到美國之後，地方政府只給我三個月支持。而三個月以後，我的工作、學習一切步上正軌且完完全全「自力更生」了。

「法國納稅人的錢，養活我們已經好幾個月了。」何止好幾個月；法國人，美國人，其他國家納稅人的錢支持他們已經好幾年了。

當時的徐剛，很有點感激之情。

「時間哪！」他很感慨。

我本來想忍住不說的，還是說了出來。

「已經失去的時間，沒有人能補償你。只有自己抓緊，少睡覺，多做事。除此之外，沒有捷徑可走。」我淡淡地提醒他，他只有訝異。

兩年多沒見了，不曉得徐剛有沒有將那「早就死過多少次了」的生命調動起來，積極學習，積極工作，把被別人奪走了的時間，再奪回來呢?!

一九九二年九月廿七日校後記

痛定思痛

——讀報導文學〈血路〉

中國大陸作家孔捷生一九八九年六月十日逃出北京，經數月輾轉，平安抵達西方，寫出報導文學〈血路〉，刊載在《廣場》雜誌創刊號上。

孔家就在天安門廣場西南的高層公寓裏，臨街的窗戶可以遠眺廣場。他不但是「六・四」血案的目擊者，而且親身經歷了驚天地泣鬼神的民主運動五十日。

作爲見證人，孔捷生所報導的事件以六月三日凌晨戒嚴部隊進城，或用北京人的說法：「鬼子進村啦！」拉開序幕。

文章不斷引用「戒嚴部隊指揮部通告」、「北京市長陳希同『關於制止動亂和平息反革命暴亂的情況報告』」以及《人民日報》、「北京市委宣傳部」的文章等官方炮製的文件。

這些文字的摘錄和孔捷生所目睹的現實形成強烈的對比，深刻的諷刺，層層揭開了一個虛僞、暴虐的政權所施用的「一手遮天」的拙劣把戲。

在二十四小時內，民衆和戒嚴部隊之間的情況在迅速改變中，先是戒嚴部隊對和平的學生、市民採取夜半僞裝偷襲，然後是改換便衣携帶大量奇形怪狀的兇器進入市中心準備嫁禍於民，最後是軍民的直接衝突。

作者依時間順序揭示事變過程時，極其沉痛地指出正當民衆以血肉長城阻擋滾滾鐵流的同時，當局正在步步爲營，將「合法平亂」的步驟付諸實施。學生們卻還沉浸在以和平、非暴力手段改寫歷史的浪漫想像之中。民衆對迫在眉睫的殺戮更是毫無準備。

六月三日晚上十時十五分，兩輛裝甲車沿前門西大街向廣場方向衝去，沿途輾碎民衆架設的無數路障。老百姓這時才如夢方醒，知道「政府和人民無可挽回地決裂了」。

終於，槍聲響起。終於，東西長安街上的民衆以身體，汽水瓶子，磚塊阻擋戒嚴部隊進入廣場的行動成了眞正實力懸殊的廝殺，血濺長街，伏屍遍地！

終於，「鐵壁合圍」。在鐵壁合圍之中，廣場上，學生廣播站仍在呼籲「愛國的中國人民解放軍官兵們，你們是人民的子弟兵，決不能用槍口對準人民……」，對方的回答是一輪槍聲，「打得紀念碑白煙直冒」。不僅有近處的槍聲，還有遠處的炮聲在呼應。

在這裏，作者對中國大陸新生代的英雄氣概有着極爲感人的描寫。六月四日淩晨四時，廣場上燈火全熄，血腥鎭壓卽將開始，原本站在廣場外的年輕人卻從容地走了進去，和紀念碑下的青年們站在一起！

最後是撤退和淸場，是坦克車的隆隆推動，是學生中的死者和傷者，是工人中的死者和傷者，是民衆的血淚和憤怒的叫罵。

讀到此，不禁熱淚滾滾，椎心地痛。

人，眞的一定要等到那樣一個時刻，才能放棄幻想嗎?!對於這樣一個四十年來只是在專制、暴虐的路上越滑越遠的政權，還能抱一絲幻想嗎?!

孔捷生在接受了血的洗禮之後，發出了憤怒的吶喊：「旣無人性，還要誠信來作什麼，學生和人民還向其『請願』，欲與之『對話』，眞是與虎謀皮！」

在對整個事件的敍寫中，作者揭示了一些重要事實。

中共當局並非鐵板一塊。

最早抵達廣場，最後進入廣場，而且不肯向學生開槍的一小支「北京軍區」的部隊，在整個「鎭暴」過程中有驚人的表現，在廣場左邊北京衞戍區永久性軍營的軍人在六月四日閉營不出，此後幾日也拒絕給戒嚴部隊施捨開水和熱食物。甚至，六月五日還有軍人向民衆演講，譴責屠城暴行……，更有北京國際電臺英語廣播員李丹六月四日當天向全世界揭露了發生在北京的暴行。

還有另外一個情況令世人矚目。十三年前，「四・五」血洗天安門之後。第二天凌晨，人們只看到了清洗殘迹的高壓水龍。

十三年後的六月五日，北京市民踏出家門，對牆上的彈痕，地上的坦克履帶印記，血迹發出憤怒的斥責，回答他們的是衝出槍膛的子彈。

五日、六日、七日、八日、九日，槍聲漸漸轉弱。但是那幾天，在北京一共死了多少人？無人計算。

〈血路〉在這裏作了結束。

孔捷生和二月來華盛頓訪問的徐剛一樣，實實在在地寫出說出的是他們親眼所見、親耳所聞。一切的揣測都不在他們的報導之列。而他們所報導的正是人類廿世紀八十年代最慘烈的一幕。

現在，全世界都知道，「六・四」只是屠殺的開始，高潮則在六月五日到八日。之後是通緝，搜捕，拷打和逼供。逃亡的逃亡、坐牢的坐牢。有沒有人被秘密處決？有多少?!無從求證。我們得等到歷史揭開新的一頁。

有人說，「六・四」已經過去一年，幾乎成了發黃的照片。

半個世紀以前，猶太人的苦難遠遠沒有成爲過去。二次大戰中，波蘭人遭受的虐殺又成爲世界矚目的焦點。四十年來，中國大陸民衆血流成河，一年前，那新的血跡還沒有乾，竟成了「過去」了嗎?!

孔捷生以一個目擊者的身分，以一位作家的良知，寫出了眞實，又一次揭開中共當局撒下的漫天大謊，又一次爲歷史作證。

「六・四」的血路和火海，在每一個善良人心裏點燃的怒火永不會平息。

痛定思痛，經過反復思考和自省的中國知識分子，在經過了世界激變的一九八九之後，對民主和自由的追求更加堅定，也更加成熟。

今天的國際環境不是五十年代，也不是六十年代，中共當局再也不能像當年一樣關起門來殘害自己的人民。

今天的中國大陸民衆也不會再像當年一樣，任劊子手宰割。香港、臺灣各界向自己的骨肉同胞伸出援助之手，整個自由世界關注着這塊人口密度極大的土地上發生的一切。

今天的中共當局除了放下屠刀，嚴懲劊子手，放棄一黨專政，還民衆以自由與人權之外，實在沒有第二條路可走。

如果，他們已然弱智到看不見末日的地步，中國大陸的知識分子和各階層民衆必將再起，殺出一條血路，徹底埋葬世界上最後的共產主義專制魔鬼，贏回自由與尊嚴。

△一九九〇年六月廿日《聯合報》副刊

後　記

《廣場》只出了四期，就在沒有財源的情況下結束了。當初，一見「廣場」兩字，已忍不住心上的痛。不但為自己訂了一份，而且為在大學求學的友人訂了一份。無它，只是希望多有幾個人看到她。

三年過去了，人類在這個小小的星球上又演出了各種活劇，吸引了無數人的視線。無論被淡忘或是被淡化，天安門廣場上所發生的事在很多人心裏卻是無法痊癒的痛。那一條血路也並沒有變色，有人殺出來，更有人殺回去。一路之上，血跡斑斑，無非是為德先生能踏上這塊土地，鋪一條路而已。

一九九二年九月廿六日校後記

第三輯

華文作家，任重道遠

當一個喜歡寫字的人得到編者的肯定、鼓勵和幫助，得以向世人公開自己的所知，從而獲得讀者的關注與期許，那時的心境只有兩個字可以形容：幸福。

今年五月四日在紐約召開的北美華文作家協會成立大會期間，文友們，熱情的編者朋友們，以及來自世界各地的讀者朋友們都向我提出了這樣一個共同的問題：你是怎樣開始寫作的？

如細說從頭，該是一個很長的故事。

開始寫作至今不過九年而已。但在開始之前，卻自覺與不自覺的爲寫作做了超乎尋常的準備工作。一旦天時、地利、人和諸項條件俱備。筆下的字則像小溪的流水，在石頭上蹦跳，在陽光下靜靜流淌。猛然間，地勢開闊起來，水流在較爲寬廣、深邃中加快了速度，嘗試着奔騰起來。及至遠遠望見浩瀚的大洋，迫不及待，向前奔去，攪得水底下的沉砂也翻騰起來。藍天之下，波濤洶湧，不可遏止且毫無停止或倒轉的可能。

我出生在紐約，卻在不足兩周歲時被送往中國大陸。這一下，不但自己陷在裏頭長達二十八年之久；而且連累了爲人正直、心地善良的外祖母也未能及時走脫，同時陷在了當地，與以億爲單位計算的中國善良百姓一道度過了三十七年艱辛的歲月。（老人家於一九八六年去世，享年八十九歲。）

從小，我不但親眼目睹、親身遭受了在那塊土地上強加於中國人的種種倒行逆施，種種對人性的扭曲和「規範化」，更要命的，是我的生父是美國人，是一九四三年至四五年駐重慶美國使館的武官。於是，在我幼小的年紀，不得不背負起中共當局視美國爲頭號敵人、視我爲美帝國主義遺孽，這樣一個沉重到不堪想像的十字架。在這種雙重壓迫之下，當局視爲正途的一面倒學校教育當然引起我的懷疑，而自覺自願地接受了外祖母在家中所給予我的舊學教育，以及外祖母本人在種種擠壓之下雖沉沉默默，但挺直脊梁作人的精神力量，使我在很小年紀就知道了中國傳統文化無與倫比的堅韌，也明白了中共當局處心積慮，鏟除文化，迫害文化人，以無數政治運動泯滅傳統，造成文化斷裂的緣由。

年事稍長，政治運動不再是只發生在成人身上的事。我的頑固不化終於得到最簡捷有力的回答。一九六四年，我被逐出北京，去山西「插隊落戶」。那一年，我未滿十八歲。兩年半之後，文革狂飆驟起，我則流亡新疆，在南疆，塔什拉瑪干沙漠腹地——俗稱「死海」——度過九年歲月，那是廿一至廿九歲的黃金年華。

七六年春返回北京，正好趕上「四・五」血洗天安門的暴行。那時的我早已不是十幾年前只有一腔熱血還未經見大世面的青年學生。十多年，掃遍神州的血雨腥風早已使我清醒地認識中共當局的黑暗、暴虐、無道。四月六日清晨，高壓水龍沖洗下那粘稠、紫黑色的血迹，促使我下定決心要用一切辦法在有生之年步入一個自由的天地，把一切一切寫下來，告訴世人。開始了爲返回美國的一系列抗爭。

回想當年，一個弱女子，獨自面對中共當局的專政工具，奮起捍衛個人的人格、自由與國籍時，所遭受到的威逼、利誘、屈辱，仍忍不住怒火中燒，仍忍不住淚如雨下。時過境遷，夜深人靜之時，當年一幕幕掠過心頭，不禁自問：當初是怎麼挺住的？對自己背水一戰的勇氣仍覺心悸。

當然，一九七六到一九七八年，中美關係處於微妙階段，在美國國務院和美國駐北京聯絡處的不懈努力下，中共終於讓步。我於一九七八年一月初被當局限令在三天內離境，並儘可能快地經由香港返回美國，開始了另一段征程。

在大陸求學階段，人家爲了切斷我的每一條後路，竟不給我任何機會學英文，俄文倒是整整學過六年。所以，剛剛回美的那一段日子，如果用「拚命」兩字來形容，恐怕不夠貼切，非得用北京話「玩兒命」不可。白天，我在外交學院教一整天中文。晚上去大學念英文、念電腦、念文學，選修一切非學不可的課程。同時，我把美國社會當作課堂，會講英文的人都是我的老師。內行人一聽就知道，我的師承實在雜得可以。一九八八年在紐約，語言學家夏志清教授一天實在按捺不住好奇問我：「你怎麼搞得？哪兒來的德國口音？」更有多位美國學者問過我：「請問您是否在瑞典念過書？」

每逢這種時候，我除了苦笑，簡直說不出話來。

爲了急起直追，我終於成了夜貓子兼早飛的鳥兒。除了維持生命必需的基本睡眠以外，不敢浪費一分一秒。幾天前在紐約，文友說：「你可眞是得天獨厚，睡了四、五個鐘頭，居然活蹦鮮跳的。」其實，我也是身不由己，習慣已然形成，改也改不掉了。更何況，她們不知道，我曾經以中、英文互相作爲「調節」和「休息」，數小時一換，創下過三日夜不離字典，不下書桌的瘋狂紀錄呢。

皇天不負有心人，一、兩年下來，情形大大好轉，很可以做一點翻譯和編輯的工作了。一日，正爲美國國家地理雜誌的《世界沙漠》一書作編審時，一位美國學者找上門來，他非常有禮貌地指點着自人造衛星上拍攝的中國新疆地區沙漠圖片，問我：

「聽說，您在這個可怕的地區住過，您能不能告訴我爲什麼這個已經非常巨大的沙漠仍以極其驚人的速度擴大着？這個速度較世界其他地區沙漠化的速度高出太多。我覺得難以置信。然而，攝影機不會騙人。」

學者困惑地瞪視着攤放在工作枱上幾十張圖片。

我知道，這位學者是眞正的沙漠專家，他曾多次深入撒哈拉，作過極有價值的勘查。

「因爲砍樹。」我安安靜靜地回答。

那是我頭一次親眼見到專家跌掉眼鏡。他不肯罷休，一定要我詳細解釋。

於是我告訴他，在新疆長達一、二十年的「開荒造田」運動，不只是把大片原始胡楊林開成平地，連地面下數公尺深的樹根、甘草根等等全部挖出，燒盡，平平整整的條田，一直伸展到沙漠邊緣，一場狂風颳過，條田自然成了沙漠的一部分。

「一九六七年我去那裏的時候，居民走在胡楊林中，得從飄盪在樹梢上的炊煙辨明方位。等到一九七六年，我離開的時候，那個地方早已在沙漠腹地，連一棵樹也不見了。」

「這是犯罪！」學者咆哮着：「不只是對中國，是對全人類！這種瘋狂的罪行！」他氣得臉色慘白。「請你寫下來！寫下來！」

又有一次，一位美國學生爲了感謝我對他的幫助，帶了一本書給我看，是索翁的《古拉格羣島》。

一月後，書看完了，我沒有什麼了不得的表示，他大爲驚訝，「對不起，您沒有什麼意見麼？對這樣一本書?!」

我想了想，這麼對他說：「如果你請中國的勞改犯在新疆勞改隊，和西伯利亞之間作一個選擇。他們恐怕會選擇後者。」

我只是說出了事實。可我那位學生卻半天開不出口，好不容易才把淚水憋了回去。

告別的時候，他對我說：「寫下來，我請求您！」

怎麼寫？有沒有能力寫？這是兩個最基本的問題。

多年的非人生活再加上近年來收入負於支出，身體各部零件都出現問題。大修一兩次之後，不得不承認寫作不僅在精神上痛徹心肺，而且確確實實在生理上一再顯示出其不可行性。

因此，第一個問題在很短的時間內就有了回答。我試着把個人經歷只當作一條線，穿上的珠子則是那些給我留下極深印象的普通人的遭遇、掙扎、苦痛與幻滅。在寫作手法上努力使每個章節自成格局。一旦心臟、腎臟這些重要器官停擺，我不得不離開這個世界，那些小小的篇章還有可能示人。主意打定就開始寫了起來。一提筆才知道儘管算盤打得不錯，事實上，精神和身體都還不太吃得消，進展極其緩慢。唯一的收穫是在動筆過程中，終於悟出了時間與距離的重要性。

時間使經驗過的事件沉澱下來，使寫作者的視野更爲開闊，着眼點也更爲客觀。距離則使寫作者有了機會對描述對象有了多面的觀察、分析、了解。對於文字深度的提昇大有助益。

尤其重要的，是漸漸把個人恩怨放在次要位置上，成了陪襯，凸現出二、三十年間國家民族的大悲劇成爲眞正的主題，由此，《折射》的書名自然產生，時間也進入了一九八二年。

這一年，無論是個人生活還是寫作方面，都是一個轉捩點。

婚姻使我在極短的時間內安定了下來，全天候外出工作不再成爲必要，我忽然有了大塊時間可以從容寫作。

而且，從未夢想過的，我到了臺北。生活在中國語言、文化、倫理的氛圍裏，臺北人的熱情、關愛更令人陶醉。《折射》有了進展極爲迅速的一年。

還要說到「天時，地利，人和」的那句老話。機緣湊巧，我在陽明山的住所和中國文化大學只有一籬相隔。向大學行政部門提出申請，順利入學。選了兩門課：在黎明文化出版公司兼職的李超宗教授的「中國當代文學與卅年代文藝思潮」，以及小說家李昂女士的「小說研究」。

李超宗先生不但在中國文學方面知識淵博，而且對歐美文學，尤其是法國文學研究極爲深刻，從比較文學的角度出發，對中國文學的歷史、現狀更有獨到的見解。他爲人熱情，向我介紹了許多文壇知名作家、詩人、劇作家、評論家。

其中有著名詩人，《聯合報》副刊主編瘂弦先生，開始了我和聯合報系數年如一日的密切關係。

學業卽將結束，學生必得考試如儀，我當照規矩作。論文一項，李先生出的題目是寫一位中國作家。

我問李先生可不可以寫一位我比較熟悉而臺灣文壇恐怕不太喜歡的作家。

「誰呢？」李先生很有興趣。

「老舍。」我回答，忙着補充：「我認識舒先生，有過相當的接觸，想試一試寫他。」

李先生同意了。

文章交卷，李先生給了九十四分，並將這篇文章推薦給《聯合報》。

馬上收到瘂弦先生的來信。他在信中說：「文章中談及一些當代作家。他們仍然生活在困境中。我們想進行一些剪裁工作，而使文章見報時不致給那些作家帶來麻煩。」這樣地愛護人、尊重人、替人設想，使我非常感動。

文章見報時，我見到了高明的剪裁產生的精采效果。瘂弦先生和他的編輯們沒有添加一個字，只是去掉了一些，在布局上作了一些調整。

老實說，經過這一番安排的文章，比我原來的那一篇好得太多了。心悅誠服之餘，也有了一定的自信，覺得有可能寫下去了。

渡海北上。在北京一下飛機，看到海關人員僵硬、冷漠的面孔，看到北京老百姓爲日常基本需要辛苦奔波的現實生活，我就把繼續寫《折射》的念頭收了起來。因爲距離在瞬間拉近，我又置身於漩渦之中，一切變得頭重腳輕起來。

開始寫短篇小說，新的人物、場景，新的震撼接踵而來，迅速捕捉它們。文章經過外交郵袋飛往臺北，刊在《聯副》上，然後又通過《世界日報》在海外與讀者見面。在那三年裏，我雖然只能聽到編者和幾位師長的聲音，已足以支持我筆耕。

重回北京，雖然身分不同了，雖然已經在自由世界度過了五年時光，眼界和胸襟已然開闊了不少，但那顆十二分敏感的心，那根一經觸動就低廻不已的心弦並沒有任何改變。一份感情仍然緊緊依附在普通人的身上。他們的痛苦、訴求，他們所經受的永無止歇的折磨和過去一樣令我不得安寧。

苦海無邊，見不到希望時，手下會慢起來，那時，瘂弦先生會來信：「筆不要擱太久，手會生。」一篇習作寄去，對中國古典小說深有研究的學者魏子雲教授會提醒我：「小說仍是語言的藝術，在語言上多下功夫。」文字見報了，李超宗先生會從歐洲寄來他的鼓勵：「看到你還在寫，很高興。寫下去。」

在北京，我和許多作家朋友成爲知己，深深了解他們想寫而不能盡情地寫的悲愴。與封筆多年的文學巨人沈從文先生的交往尤使我獲益匪淺。當時他的情形可以由他給安國榮的信件中得到清楚的了解：「……我並不做什麼官，又和有權有勢的人從無往來，且年老多病，等於退休，照醫生囑已『不宜出門，不宜見客』，因此，一家三人，去年還只住在一間小房子裏，每天必得去街道上公共茅厠……和『文學』隔絕已卅多年。近來偶看有賤名在報刊上出現，也不過起些點綴作用。事實上所有舊作，已全部毀盡，算不得什麼作家的。雖開始印行舊作，多是四、五十年前習作，別人說好說壞，統統不宜信以爲眞！……我過了一生的窮日子，在任何困難中從不洩氣，永遠能堅持所學工作下去，正因此，這卅年也過了些不易設想的難關，總依舊做我所能做的事，盡我所能盡的責……」（註一）

「作家是受使命感催促而寫作的人。」契訶夫如是說。深具使命感但沒有自由的天地，中國大陸的文學事業就在一次次的挫折之中，極其艱難地走着一條荆棘載途的路。對身在大陸仍堅持自己的人格，不肯違心寫遵命文章的作家們；對那些熱愛中國文化且努力接受新知，對文學極爲執着，在藝術的內容與形式上不斷探索的作家們，我永遠懷着深深的敬意。

有些批評家覺得臺灣經濟起飛之後，文學成了商業，臺灣的文學現狀令人憂慮。其實，在整個自由世界，致力於文學事業，不肯隨波逐流的作家們都面臨同樣的挑戰，不只是臺灣。

臺灣仍有許多作家不斷寫出嚴肅的好作品。出版界雖有各式問題存在，但中堅力量仍在盡一切可能爲優秀作品爭取出版發行的機會。

海外情形更令人鼓舞，遍布世界各地的華文作者各自爲戰，其成就有目共睹。當然，海外作家的創作活動也有其艱難的一面。母語語言文化氛圍消失，是外部的困擾。海外作家必得獨自吞下孤寂的苦果，繼續讀書、寫作。

身爲邊緣人的內心困惑更是如影隨形。無論作家們來自臺海那一岸，無論他們有怎樣高強的外文能力，隨着日月流逝，與故土長時間的隔離甚或隔絕，都使他們在進行華文創作時有一種與自身目前生活環境之間的巨大疏離感。我本人的中文世界幾近無聲，一口京片子更是只有寫京味小說時才能派上一點用場了。保持語言的純粹是大難事一樁，需要極大的毅力和持之以恆的努力才能做到的。

由於大陸局勢的惡化，一些作家流亡海外，對於他們來講，寫作一途是更爲艱辛的。正如大陸學人劉再復先生指出的，四九年以後在大陸受教育的文化人既無國學根柢，又無外文能力，卽使到了自由的藍天下，仍是飛不起來的。若要振翅，是非苦學不可了。

我們再回頭看看大陸的現實。「六・四」血案只是中共當局四十年連續不斷的虐殺之中的一件。只因國際媒體的介入，才使之暴露於世人面前，引起關注。這次的流血不是突發事件，也非偶然。

仗義執言的作家們坐牢、開除、撤職，接受「審查」，勤寫「思想匯報」。「人人過關」的局面又一次鋪開。大陸文壇一片死寂。然而，時間在推移，儘管「左王」們再一次執掌生殺大權，揮舞着棍子，向作家們的頭頂上砸下來，更有御用文人在腳邊向正直作家們叫着、咬着。大型文學雜誌上出現大批莫名其妙的東西。然而，文學仍是關不住的，不僅是作家們關起門來寫作，只作耕耘，不問收穫期。一句話，先寫下來再說。更有極爲優秀的作品在百花凋零中悄悄出現。這種現象的背後是作家無畏的抗爭。我們身在海外的人們對這些在殺伐之中冒出的新綠理當伸出雙臂，爲其流傳開出一條路。

對於今日發生在中國大陸的現實，哲人沈從文早有預見。他給美學家劉一友先生的信中這樣說：

「天下事難言。我五十年來都在權威批評嘲罵中度過，從不回嘴，所以各書也一併因過時而燒去了卅年。罵我的大多數都毀滅了，我倒活得還相當好。

「……過些日子，可能還會更使得他們感覺氣惱的事發生的。他們如果『當權』，還很可能會再作蠢事，把我重印舊作，一把火全燒去的。我覺得即或如此，也不礙事。因為世界極大，在他權力內可以『為所欲為』（即或如此也不經久！），在中國以外，他卻無可奈何。」（註二）

臺灣作家，港澳作家，散居世界各地的華文作家都生活在中共當局無可奈何的大環境之中，任重而道遠，大家懷着民主與自由的理念，在文化多元化的氛圍中，為華文文學事業的發展各盡一份心力，華文文壇的前景勢必美好。

△全文刊於一九九一年六月五日美國《世界日報》週刊
△一九九一年十月廿二、廿三、廿四日《聯合報》副刊

附註：

註一 見沈從文一九八一年六月十日信，刊於《吉首大學學報》第十二卷卅四、卅五期，沈從文研究專號，一九九一年一月廿五日出版。

註二 見沈從文一九八三年十月廿二日信，刊於同期學報。

寫字

長長的週末，若沒有外出的節目，我喜歡寫字。

長桌上鋪一張白紙。一方端硯，還是北京的作家朋友送的。墨條是文淵閣的黃山松煙，很普通，研起來香得很。

一本柳公權的玄秘塔翻得紙邊又毛又卷，字沒什麼大長進，卻絕對捨不得丟掉或換一本。帖是外婆替我選的。她說我合適習柳字，那心正筆正的故事也早早在心底紮了根。

現在，我先生也參加進來，一點，一撇，一捺，規規矩矩描紅，不敢馬虎。兒子當然不甘落後，吵着爸爸媽媽都有「Brush」，他也要一枝。毛筆都是狼毫，不大好用，就敎他用畫圖的彩筆刷先「寫」起來看。他看看桌上，只一樣黑色，不十分滿意，搬來彩色碟子。滿天彩虹之下，「一、二、三、四……」寫將起來，倒也一絲不苟。

當年在北京，四歲學用鉛筆寫字，到五歲外婆才教寫毛筆字。老人家在大石硯裏加了幾滴水，讓先學研墨。手臂懸空，研着研着。外婆問：「墨條下面還覺着滯澀嗎？」點點頭，再磨。直到完全滑潤爲止。

一枝毛筆豎起來，握在小手裏，晃着晃着，墨迹往往出了線。外婆笑說：「不急，再來。」手背一抹，滿頭大汗：「這麼熱的天。」外婆說：「心靜自然涼。」

靜下心，手也不再抖。一來二去，該頓則頓，該提則提，手腕漸漸有力，墨迹也就歸了格，心裏高興起來。祖孫倆人常以寫字爲樂。

忽然之間，也就是一九五六年吧，我未滿十歲的時候，漢字簡化方案公布了。把那小册拎回家，急急翻給外婆看。

「您瞧，『聽』丟了耳朵，成了說的——『听』。」

「那是只求音相近，不管意思如何。」

「言字旁沒有了呢，只有『讠』。」

「這還好說，草書裏早就有的。人們在日常書寫閱讀中自然形成的簡化，倒是正常的。歷史上有過好幾次趨易避難的簡化都是自然而然的。」

「塵變了小土——尘。」

「意思還可以。不過，小鹿四蹄翻飛的意境卻沒有了呢。」

外婆嘆息。

我還在囉嗦：「外婆，快看，『愛』沒了心，只剩了大帽子下頭一個『友』……」

許多同音不同義的字驟然間變了一個字。文字自然由豐富而貧乏。許多字只是減少了筆劃，令人直覺為錯別字。於是，一日之間，人人變了白字先生。

外婆戴上老花鏡，細讀「簡化方案」的原文：「……除翻印古籍和有其他特殊原因的以外，原來的繁體字應該在印刷物上停止使用。」

翻印古籍，目的在「古為今用」。古文化須為今日之主義服務，必得「取其精華」、「去其糟粕」。何為精華？何為糟粕？是人家定下來的，小百姓們只有亦步亦趨的份兒，向來沒有發言權。何況中國古籍浩如煙海，翻成白話印出的不知有無千萬分之一。只將正體字改寫成簡體字印出的，恐怕也是寥寥無幾（註）。往後的年輕人只知簡體字，雖然學會了斷句，文言虛字的知識也有了長足的進步，若對官方發布，掐頭去尾，經過改頭換面的「中國歷史」一疑慮重重，不能滿意，想作一番獨立的研究也是不得其門而入，因為他們沒有了對正體字的起碼認識，開啓中國文化寶藏的鑰匙已經不在手上了！

文化與歷史的斷裂勢在必然。

記得當年，外婆只對我說：「由繁入簡易，由簡入繁難。若把正體字丟在了腦後，不讀不寫，日久自然生疏。有朝一日，正體字捲土重來，連應對的能力都沒有了。」

我當時並不懂外婆何以如此憂急，問她：「人家說，漢字簡化有益於普及文化哩。」

外婆連連搖搖頭：「普及文化第一要辦學，越是窮鄉僻壤，越得辦學。第二要善待文化人，尤其要善待中小學教員。第三，社會上要養成尊重知識，尊重知識分子的風氣。哪裏是減少漢字數量，給幾百個常用漢字減少筆劃可以奏效的？」

當然，外婆無法教一個十歲的孩子在學校得採取「陽奉陰違」的辦法。不過那個十歲的孩子卻已想到了這個法子。外婆連說：「無論如何，字不能丟。」孩子已打定主意，在家繼續跟外婆習字，在學校，只要記得「簡化」就成了。不久，她就發現，課堂裏的「同道」甚多，於是更加膽壯。

五十年代以後，神州大地淪爲古今罕見的文字獄。文化人所遭的荼毒更是罄竹難書。卅年下來，文盲、半文盲的數量躍居世界首位。

終於門戶打開，大陸的百姓們得以隔海相望。這才發現，對岸的同胞們並沒有經過簡化字這一番折騰，結果卻是教育普及，政治昌明，經濟起飛，日子過得令人羨慕。猛醒，一個大大的彎路走下來，新知未得多少，老祖宗傳下來的好東西竟也丟了個七七八八。其中，最要緊的，正是文字。

其實，不少聰明人早就看出，這只是另一個陽謀而已。君不見，高踞於萬民之上的「主席」，何曾寫過簡體字？瞧他在中南海「書房」接見「外國客人」的新聞紀錄片，身後的背景正是堆積如山的線裝書！

億萬順民被愚弄之餘，「奉獻」給他的也不過是無心之「爱」。歷史無論被怎樣塗抹，畢竟有其公道在！

窗外小風習習，鄰人園內正在烤肉，笑語喧嘩。桌前，金髮碧眼的父子倆全神貫注，正在寫字，橫平豎直之間是一片燦爛。

墨香幽幽，心醉了。

一九九一年五月十三日寫於維州

△一九九一年六月廿二日刊於《中華日報》副刊

△一九九二年一月十四日刊於美國《世界日報》副刊

附註：

一九五六年大陸頒佈「漢字簡化方案」時，將正體字改名爲「繁」體字。今日我們還中國字一個公道，自應重新正名爲「正體字」。

海外華文文學何以爲繼

與美國人談海外華文文學，他們常常瞠目結舌，不知我在說些什麼。繼而，小心翼翼地問：「什麼海外華文文學？那些來自其他國家的作家們的作品不是都已經翻成英文，成了美國文學的一部分了嗎？」

連我先生也說：「如果我們不是住在一個屋頂底下，我絕不相信，在美國，還有人三更半夜的不睡覺，握着一枝筆在那裏塡格子，寫方塊字，再送到郵局去……成了如此艱苦卓絕的中文作家。」

的確，海外華文文學眞是孤獨一枝，幾乎沒有一種文化現象可以進行類比。

在海外，絕大多數的華文文學並沒有經過翻譯，所以在世界文壇完全是無聲無息。華文作家的生活環境卻是其他語種的——英文也好，法文也罷，總之不是中文的。作家們求生存，靠的也不是中文寫作。謀生途中使用的語言也非中文，所接觸的人更多半不知中文爲何物。

什麼力量支持我們寫下去？名或利？名利這兩件事都與海外作家無涉。與讀者的共識？說來眞是難以置信；我的第一位讀者，幾乎完全是臺北的文學編輯。有幾位，還是八年前見過面；有一位是四年前見過面。還有許多位，未曾謀面，越洋電話中聽到他們的聲音，文件夾裏存放着他們的來信。

臺北的編者，是我的第一位讀者，也是給我最多支持、愛護的「同路人」。在文學批評幾等於零的海外文壇，作家們期盼作品水準的提高，唯一能夠不厭其煩地在百忙中給予幫助的，也只有這些置自己的文學事業於不顧，爲他人作嫁衣裳的編者們；他們的努力是使海外華文文學事業得以維繫的重要客觀因素。

至於主觀上，海外華文作家寫作的目的是相當眞誠的；心中有愛，筆耕不輟。愛那塊廣袤的、回不去了的熱土。愛人生，珍惜親情與友情，愛海內的人們生於斯、長於斯的文化氛圍，而希望通過海外更加多元的視角加以透視、反映、提昇。

說到我個人，寫作已經成爲生命中一個不可或缺的內容；近卅年的生活積累，經過在海外十多年的沉澱，賦予我一種責任。太多的人，在重重輾壓之下，或是早已灰飛煙滅，或是扭曲變形，我只是勉力用手中的筆爲這些中國人豎起一座又一座豐碑。碑石粗礪，欠雕琢，但碑文卻是用心刻上去的，只求爲那些不死的靈魂再現他們眞實的人生。

最近半年來，海外華文作家的聯誼組織相繼成立。壓力太大，心中塊壘堆積如山時，可以寫信給文友，心氣自然平和。小說在心中成形，創作的喜悅無人分享，直願大叫三聲的時候，也可以撥上一通電話，準知那一頭有一顆寬容、敦厚的心可以容得下一切。多年的孤軍奮戰之後，文友之間的關心和理解更覺珍貴無比。

無論怎樣艱辛，寫作，對我們多數浪迹四海的華文作者來講，不是手段，而是目的。爲着心中那一塊淨土，寫下去。這，也許是許多海外華文作家共同的心聲。

△一九九一年十月十四日刊於美國《世界日報》副刊

無與倫比的快樂

從小愛看小說。目前，早就過了不惑之年，還是愛看小說，而且極不冷靜的，跟着小說人物又哭又笑，非常的投入。好小說，看了一遍又一遍，絲毫不爲「那不過是小說而已」所動。書架上的「最愛」，排列有序，一本本摸過去。小說人物常常在書脊上若隱若現，帶着他（她）們特有的表情，說着他（她）們特有的語言。

「小說是一個虛構的故事」。「文學導論」板起面孔教訓我們。

我卻更喜歡人們掛在嘴邊的一句話：「小說，除了名字是假的，別的都是眞的。」小說如果還有人物與情節的話，好小說的人物是有血有肉的，有的時候，是比我們所認識的人更爲眞實的。

沒有人物，也無所謂情節的小說所傾訴出的感覺依然是眞實。事實上，和理論相反，小說是最接近眞實生活的文學型式，小說裏滿是土腥氣、汗酸味，以及生、老、病、死，最最平常恰恰又是最最動人的毫不新鮮的人生百態。

輪到自己寫小說，這才發現，小說的架構說在人物的衝擊下，簡直脆弱不堪，不值一提。

很想把一件事說得圓滿而周詳，哪裏想到，人物一出場，隨着他或她的面目淸晰起來，竟是自說自話地踏上了一條不知前方爲何處的路。一枝筆跟在小說人物的身後，踉踉蹌蹌，東倒西歪，能追得上已經算是很不錯了。

正像百老滙著名舞臺劇「天使之城」所描繪的，小說人物極具主動性。有時候，他(她)們會和作者吵將起來，不滿意作者的處置，把作者苦心設計的各種架構掀了開去，另闢蹊徑，走得好不自在。作者目瞪口呆之餘，只好將計就計，寫了下去。完篇的時候，最妙的情景就是作者能與小說人物會心地一笑。人物自尋方向，走過的「人生路」竟是非常的自然，非常的合乎邏輯，也是非常的動人。

寫小說，唯一的追求是動人吧！目的已達，還有什麼可抱怨的？

人，是需要傾訴的。人所走過的路，也是值得記錄的。十年前，剛剛開始寫小說的時候，出發點也就是如此的單純而眞誠的。

寫自己，面對自己的內心世界是一件極爲艱難的事。寫周遭的人們卻是比較容易開始的。

太多的人和事一下子湧到，太多的感情的衝激在胸中廻蕩，滿心想作的是大吼三聲。這種時候，是不能寫小說的。忙着做別的事，與要寫的人物保持了一點時空的距離之後。事件日益明晰，人物的面目不再模糊，一種氛圍，小說應當表現出的那種氛圍在胸中躁動，正像火山噴發前，熔岩在山腹內的湧動一般。

待火山眞的噴發，熔融的岩漿一瀉千里的時候，不寫，已經不可能了。

經歷過的人和事，常常在心中出現、徘徊，有朝一日把它寫下來的時候，駕輕就熟，非常的自然。

有的時候，一個極強烈的意念催促着自己，寫一個未曾經歷過的事件。開始的時候，有着被挑戰的意味；但小說醞釀的過程，卻是實在地感受到那個所要抒發的意念，絲毫不覺生硬與虛假。

寫〈貝魯特之役〉就是一個類似的經驗。

一位同事，說起來只能算熟人，還不是朋友。非常突然的，接到去貝魯特參加營救人質活動的命令。作爲一個公務員，他二話不說，打點行裝上路了。他沒能回來，留下了妻子和子女，默默承受一切。

這件事對我的震撼極大。生命理應受到禮讚。然而，對生命的荼毒卻是每日每時的存在。

事隔四年，人質問題當時並未徹底解決。而且，我也深深了解，即使有朝一日，人質問題成爲過去。人類的自相殘殺仍會以其他方式再現。

沒有別的憑藉，我只有一張貝魯特地圖，以及來自圖書館的對貝魯特歷史與現實的撰述。

但是我熟悉人，我熟悉那些深愛自己的家庭，外表溫柔敦厚，內心堅強無比的女性。我也熟悉美國的公務員，方正、循規蹈矩，如同軍人一樣忠於國家。默默無聲地爲維護人類尊嚴與人權而戰的男女，他們自自然然地出現在以貝魯特爲中心的舞臺上。

小說寫得極快，小說人物在行動中所基於的大愛，他(她)們的聰明才智都超過了我的想像。

是與非，可愛與可鄙，所有組成生活的自然成分都極其自然地釀出了小說特有的氛圍。

小說刊出後兩年，我在紐約見到了一些讀者。他們劈頭就問：

「他們後來怎麼樣了？」

「誰啊？」我只得反問。

「衝到貝魯特去救先生的那位太太呀！她跟她先生後來呢？」讀者朋友嫌我反應慢，直推我，迫不及待地發出一連串提問。

小說人物不但活在作者心裏，跳動在字裏行間，他（她）們更深入了讀者的生活與思想。他（她）們引領着讀者進入更爲廣漠的大千世界。

直到這個時候，小說才能算是基本完成了。

在這個完成的過程中，小說與小說人物帶給作者、編者與讀者的快樂都是無與倫比的。

一九九二年八月廿八日於高雄

△一九九二年九月十一日刊於《中華日報》副刊

△九月十七日美國《世界日報》轉載

三民叢刊書目

1. 邁向已開發國家　孫　震著
2. 經濟發展啓示錄　于宗先著
3. 中國文學講話　王更生著
4. 紅樓夢新解　潘重規著
5. 紅樓夢新辨　潘重規著
6. 自由與權威　周陽山著
7. 勇往直前　石永貴著
8. 細微的一炷香　劉紹銘著
9. 文與情　琦　君著
10. 在我們的時代　周志文著
11. 中央社的故事（上）　周培敬著
12. 中央社的故事（下）　周培敬著
13. 梭羅與中國　陳長房著
14. 時代邊緣之聲　龔鵬程著
15. 紅學六十年　潘重規著
16. 解咒與立法　勞思光著
17. 對不起，借過一下　水　晶著
18. 解體分裂的年代　楊　渡著
19. 德國在那裏？（政治、經濟）　郭恆鈺・許琳菲等著
20. 德國在那裏？（文化、統一）　郭恆鈺・許琳菲等著
21. 浮生九四　蘇雪林著
22. 海天集　莊信正著
23. 日本式心靈　李永熾著
24. 臺灣文學風貌　李瑞騰著
25. 干儛集　黃翰荻著
26. 作家與作品　謝冰瑩著
27. 冰瑩書信　謝冰瑩著
28. 冰瑩遊記　謝冰瑩著
29. 冰瑩憶往　謝冰瑩著
30. 冰瑩懷舊　謝冰瑩著
31. 與世界文壇對話　鄭樹森著
32. 捉狂下的興嘆　南方朔著

三民叢刊33

猶記風吹水上鱗

余英時　著

本書以紀念錢賓四先生的文字為主，賓四先生為一代通儒，畢生著作無不以重發中華文化之幽光為志。透過作者的描述，我們不僅能對賓四先生之志節與學術有深入的認識，並對民國以來學術史之發展有一概念。

三民叢刊34

形象與言語

李明明　著

藝術是以形象代替作者的言語，而在形象與言語之外，仍還有其他種種相關的問題。本書作者從藝術與時代、形式與風格、藝術與前衛、藝術與文化五個方面剖析西方現代藝術，使讀者能對藝術品本身及其相關論題有一完整的認識。

三民叢刊35

紅學論集

潘重規　著

本書為「紅學論集」的第四本。作者向來主張《紅樓夢》一書為發揚民族大義之書，數十年來與各方學者論辯，更堅定其主張。本書為作者歷年來關於紅學討論文字的總結之作，也是精華之所在。

三民叢刊36

憂鬱與狂熱

孫瑋芒　著

輕狂的年少，懷憂的中年，從鄉下的眷村到大都會的臺北，從愛情到知識，作者以詩意的筆調，鋪陳豐饒的意象，表現生命進程中的憂鬱與狂熱。以純藝術表現出發，而兼及反應社會脈動，不但樹立了獨特的個人風格，也為散文藝術開拓了新境界。

三民叢刊37

黃昏過客

沙究　著

「為樸素心靈尋找一些普通相的句子」沙究在獲得時報短篇小說推薦獎時曾對他的寫作有如是的感言，他的作品就是最好的實踐。本書將帶領您從浮生眾相中探索人類心靈的面貌。

三民叢刊38

帶詩蹺課去

徐望雲　著

我們都或多或少的讀過現代詩，但對現代詩的了解卻很少，於是許多譁眾取寵的文字便假借現代詩的名義出現，讓「詩人」成為一種笑話。本書以輕鬆的筆調、嚴肅的心情，引導讀者更接近、更了解現代詩。

三民叢刊39

走出銅像國

龔鵬程　著

「有筆有書有肝膽，亦狂亦俠亦溫文」，身處時代之中的讀書人，傾聽時代之聲，即使漠然獨立，又豈眞無關切奮激之情？看龔鵬程如何以慷慨纏綿之筆，為當今的社會文化現象把脈，提出處斷的良方。

三民叢刊40

伴我半世紀的那把琴

鄧昌國　著

本書為作者歷年來對工作及生活的感懷之作。作者以深厚的音樂素養和經歷，娓娓細訴生命中的點點滴滴。一把琴，陪伴走過半世紀的歲月滄桑，樂音寄託壯志，也撫平了激越胸懷。

三民叢刊41

深層思考與思考深層

劉必榮 著

本書收錄作者過去三年多在中國時報所發表的社論、專欄，以及國際現場採訪報導。不僅是世紀末的歷史見證，也代表了臺灣新一代知識分子，對國際局勢的某種思考與詮釋。

三民叢刊42

瞬間

周志文 著

在本書蒐集的短論中，作者以敏銳的觀察來分析這個急遽變化的世界，試圖找尋一些既存於人類心靈的永恒價值，這些價值並不因現象世界的崩解而全然消失，反而藉著不斷的試煉、考驗而更具體地存在。

三民叢刊43

兩岸迷宮遊戲

楊渡 著

本書收錄作者對兩岸關係一系列的分析報導。作者以新聞記者敏銳的觀察力，探索臺灣命運與前途，並試圖帶領大家由「統獨」「兩岸關係」的迷宮中走出來。

三民叢刊44

德國問題與歐洲秩序

彭滂沱 著

近一世紀來，德國的興衰分合不僅影響了歐洲的政治秩序，也牽動了整個世局。本書以「德國問題」的本質為經，以歐洲秩序的變化為緯，探索一八七一年至一九九一年間德國與歐洲安全體系的關係。

三民叢刊49

水與水神

王孝廉　著

從泰國北部的森林到雲貴高原的村落……從漢民族到少數民族，從神話傳說到民俗信仰……行萬里路固然是爲了好玩和興趣，也爲了保存民族文化的精髓。本書爲作者近年來關於中國民族和人文的文字總集，深情與關懷俱在其中，值得細細品嘗。

國立中央圖書館出版品預行編目資料

重疊的足跡／韓秀著. --初版. --臺北
市：[illegible]，民82
[illegible]公分. --(三民叢刊;57)
IS[illegible] 957-14-1975-3 (平裝)

855 82000142

著者 韓秀
發行人 劉振强
著作財產權人 三民書局股份有限公司
印刷所 三民書局股份有限公司
地址／臺北市重慶南路一段六十一號
郵撥／〇〇〇九九九八——五號
初版 中華民國八十二年一月
編號 S 85236
基本定價 貳元捌角玖分
行政院新聞局登記證局版臺業字第〇二〇〇號

ISBN 957-14-1975-3 (平裝)